講談社文庫

# ちいさいモモちゃん

松谷みよ子

講談社

■ある日、ちいさな坊やがママに手をひかれて、やってきました。「モモちゃんのおうちはここよ」ママがいいました。「モモちゃん」のお話読んだら、モモちゃんにあいたくなって、遊びにきてくれたんですって。みなさんもモモちゃんと、仲良しになってくださいね。

# もくじ

## —ちいさいモモちゃん—

―モモちゃんとプー―

# ちいさいモモちゃん

# モモちゃんが　生まれたとき

モモちゃんが生まれたのは、夏でした。

青い空に、お日さまがぴかぴか光って、あんパンみたいな雲が、いっぱいとんでいました。ネムの花が、桃色に咲いていました。

お部屋の中では、鳩時計が、ポッポー、ポッポーって二つ、ねむそうに鳴きました。

そのときですよ、モモちゃんが生まれたのは。おぎゃあ、おぎゃあって泣いてね。

生まれるとすぐ、モモちゃんは、お風呂にはいって、くるくる体を洗ってもらいました。それから白い粉を、ぱたぱた、ぱたぱたって、体じゅうにつけ、ガーゼのおべべを、きせてもらいました。

そうしたらモモちゃんは、すぐ、すやすやって、ねんねしてしまったのよ。

その晩のことでした。

モモちゃんとママが、静かに寝ていますと、トントントンてドアをたたいて、だれかきたようです。

「はい、どなた」

ママが返事をしますと、ドアがパタンとあいて、はいってきたのはだれでしょう。ジャガイモさんと、ニンジンさんと、タマネギさんが、カレー粉の袋をしょって、やってきたんです。

「おめでとうございます。これからぼくたち、カレーライスを作りますから、モモちゃんに、あげてください。いえ、なに、ほんのお祝いのしるしですよ」

ママはびっくりして、手をふりました。

「まだ、まだ、まだですよ。もっと大きくなったらね」

「えっ、まだですって？　モモちゃんは、カレーライスをたべられないんですか。へえ、ぼくたち、せっかくごちそうしてあげようと思ったのに」

ジャガイモさんと、ニンジンさんと、タマネギさんはびっくりして、ころがるようにでていきました。でていってから、はあっと、大きなため息がきこえました。

しばらくすると、ドアがあきもしないのに、いいにおいがして、すいすいとだれかがはいってきました。まああきれた、チューインガムが、やってきたんです。

「やあ、おめでとう。モモちゃんは、赤いガムがいいですか。これはストロベリー、つまり、イチゴの味です。それとも、緑色のがいいですか、これは、ハッカです。すうっとしますよ。こちらはレモンで、黄色いガム、どれでもお好きなやつを、モモちゃんにさしあげます」

ママはびっくりして、

「まだまだ、まだですよ。モモちゃんは、あかちゃんですもの。ガムは、もっと、もっと大きくなってから」

といいました。

「へええ、ガム、だめですか」

ガムは、あまりおどろいたもんで、天井にとどきそうなくらい、のびてしまいました。そして、そこから、モモちゃんをながめていいました。

「ほんとだ、こんな、ちっちゃなお口じゃ、ガムなんてはいらないや、さようなっ」

ガムはすたこら帰ってしまいました。しばらくすると、またドアがパタンとあきました。

「ああ、おもたい」

そういって、はいってきたのは、ソフトクリームでした。ソフトクリームは、こぼれないように、よちよち歩いてきて、いいました。

「モモちゃん、おめでとう。はい、ソフトクリームでございい」

ママはびっくりしていいました。

「まだまだ、まだよ。ソフトクリームは、もっと大きくなってから」

「へええ。まだですって。この暑いのに、ソフトクリームもたべられないんですか、モモちゃんは……」

ソフトクリームは、きょとん、と立っていました。そのうち、クリームがとけて、ながれだしました。ソフトクリームは、

「あ、たいへんだ、たいへんだ。冷蔵庫へ行かなくっちゃ」

と、よちよち、走って行ってしまいました。

そのとき、モモちゃんが目をさまして、ふんふん、泣きだしました。

「よしよし、おなかがすいたのね。おっぱいをあげましょう。モモちゃんの、いち

ばん好きなおっぱいね」

ママは、モモちゃんをだっこして、おっぱいをのませました。

モモちゃんは、ちいさなお口ですいついて、ゴックン、ゴックン、音を立ててのみました。黒い目をあけて、どこかを、じっとみながらね。

モモちゃんが、生まれたときのお話は、これでおしまい。

# クーがプーに　なったわけ

さてそれから、モモちゃんはおっぱいを、ゴックン、ゴックン、のんだので、どんどん大きくなりました。

ある日のことです。

ママが縁側で、モモちゃんのおむつをかえていますと、いつのまにか、ちいさな、真っ黒なネコがきて、すわっていました。

「おもちろいや、にんげんのあかちゃん、おしっこできないんだね、おむつしてるんだね」

子ネコは、いいました。

「ぼくなんか、すなをシュッシュッ、ってほってね、チューってするでしょ。それからあとへ、シュッシュッってすなかけて、きれいにしておくんだから」

「まあ、ネコと、人間のあかちゃんは、ちがうのよ。なまいきいうんじゃありませ
ん」

ママは、ちびネコのおしりを、ペン、とたたこうとしました。ところが、そのときになったら、ネコが、パンツもズボンも、はいていないことに気がつきました。

そこで、怖い顔をして、めっ、といってみせました。

それなのに、その子ネコはいうんです。

「ぼくを、このおうちの子にしてくれないかな」

ママは、あきれていいました。

「だめ、だめよ。モモちゃんのことを、ひっかいたり、かじったりしたら、困るもの」

「ぼく、そんなこと、ぜったいにしないよ。ほんとだよ」

「でも、ネコって、ひっかくものよ」

「やくそくするよう、それにぼく、すてられちゃって、おうちがないの」

それをきいたら、ママは子ネコが、かわいそうになりました。

「じゃあね、けっして、モモちゃんのお部屋に、はいっちゃいけませんよ。約束よ」

「はあい」

子ネコは、約束しました。そして、モモちゃんのおうちのネコに、なりました。名前はママが、クーとつけました。え？　クーなんて、へんな名前ですね、って？　とんでもない、とてもいい名前ですよ。だってほら、

まっくろくろけの　クー　でしょ
クマちゃんみたいな　クー　でしょ
くいしんぼうの　クー　でしょ

ね、とっても、いい名前じゃありませんか。

さて、クーは、なかなかおりこうネコでした。モモちゃんのベッドのある部屋には、けっしてはいりません。たまにモモちゃんが、畳のお部屋で、ねんねしているときがあります。

そんなときのクーったら、まるでとびあがって、びっくりして、それからそうっと、ぬき足、さし足、しのび足で逃げだします。

「クーは、おりこうねえ」

ママはすっかり、感心してしまいました。

こうして毎日、朝がきて、お昼がきて、晩になりました。明日がやってきて、今日になり、きのうのほうへ、いきました。

モモちゃんも、ずんずん大きくなって、もうジャガイモさんも、ニンジンさんも、タマネギさんも、つぶしてなら、たべられるようになりました。ただ、カレー粉さんには、遠慮してもらいました。

もう、ねんねばかりしてはいません。ぱたぱたと、はいはいするようになりました。

ある日のことです。

ママが、お洗濯ものを、干していますと、クーが、ニャー、ニャー、ニャー、と、鳴きたてている声がしました。あんまり騒ぎがひどいので、ママはぬれた手をふきふき、おうちの中へはいってきて、びっくりしました。

モモちゃんがね、クーのごはんのところまで、はいはいしてきて、ンマ、ンマ、といいながら、指をつっこみそうにしているんです。

「まああ、モモちゃん、ばっちいわ。これはクーのごはんよ。ばっちいの、クーのよ」

するとモモちゃんは、いきなりクーのひげをつかんで、ひっぱりながら、いいました。

「プー、プー、プーや」

これがモモちゃんが、ンマ、のほかに、はじめて、言葉をしゃべったときのことです。このときから、クーはプーに、なりました。

えらいのはプーで、ひげをひっぱられても、じっとがまんしていましたよ。

# パンツの歌

今日は、モモちゃんちに、すてきなことがありました。モモちゃんちにね、電話がついたんです。おもちゃのじゃなくて、ほんとの電話ですよ。黒くって、ぴかぴかしています。

パパは、ばんざーい、っていいました。

ママは、うれしいわ、うれしいわ、っていいました。

プーは、

「あれ、でんわって、ぼくみたい」

って、感心しました。

黒くって、ぴかぴかしてるもん、ですって。モモちゃんも、そう思ったらしく、ぱたぱたはってきて、いかにも感心したように、おすわりし、

「プー」

っていいました。

「プーじゃないの。これはね、で、ん、わ、っていうのよ。さあ、だれから、いちばんさきにかかってくるかな」

ママが、いいました。

「おさかなやさんからかもしれないよ。プーさんの、すきなおさかながありますよ、そういって、かかってくるの。そうだといいな」

プーがいいました。

「まあ、あきれた。プーって、くいしんぼね。ママはこういう、お電話がくると思うわ。あのね、おともだちがね、今から遊びに行きますよ。ケーキをもって行きますから、お茶の用意をしていてくださいね、っていうの。どう?」

「ちぇっ、ママだって、くいしんぼだぞ。ぼくはね。ぼくは、ええと」

パパが、考えこんだときでした。

ジリリーン　リリーン　リリリン

電話のベルが、鳴りひびきました。

「一とうしょう!」

ママがそういって、電話にとびつきました。さあ、だれから、どんな電話でしょう。

「はいはい、そうです。はい、え、パンツ？　あのう、パンツ？」

パパとプーは、顔をみあわせました。なんだかへんな、電話です。

「はあはあ、なるほど。え？　三十枚、三十枚ですね。はい、わかりましたあ」

そこで電話は、カチャリと、きれました。

「たいへんよ！　パンツを三十枚、ぬわなくちゃならないの！」

ママが、目をまるくして、いいました。

「三十枚よ、三十枚、ああ、たいへんだわ！」

「それ、だれのパンツ、ぼくの？」

プーが興奮して、さけびました。

「ぼくんじゃないでしょ。ぼく……」

「たのむから、おちついてくれよ」

パパが、いいました。

「なんで、三十枚もパンツがいるんだ？　いったい、だれから電話だい？」

「ひろこおばちゃんからよ。いいですか、きいてちょうだい」

ママは、ぴんと背中をのばして、いいました。

「モモちゃんは、一つでしょ。だから、もうおむつをはずして、パンツをはくんです。はじめは、チッコーっていえないで、おもらしするけど、けっして、怒っちゃいけないんですって。

だまって、パンツをとりかえるだけ。わかった？　だから、困った、パンツがないわ、なんていわないように三十枚よ。わあ、たいへんだあ」

ママは、モモちゃんをだっこして、たかいたかいをしました。

「ばんざーい、モモちゃん、おむつさんとは、さようならよ！」


さあ、いそがし、いそがし、おおいそがしです。

ママは引き出しをあけたり、戸棚をあけたりして、白いきれと、水色のきれと、ピンクのきれをみつけました。

「モモちゃんのパンツに、なりたい人！」

ママが、先生みたいに、いばっていったら、白いきれも、水色のきれも、ピンクのきれも、はーい、はい、はい、って返事をしました。

そこでママは、白いきれを、パンツの形にきりぬいて、ミシンを、たったかたあとかけました。そうしたら、ちいちゃなちいちゃな、白いパンツが、十枚できました。

それから、水色のきれを、パンツの形にきりぬいて、ミシンを、たったかたあとかけたら、水色のパンツが、十枚できました。

「ああ、くたびれた」

ママが、いいました。

「ねえ、ぼく、おもうんだけど」

プーが、遠慮ぶかく、いいました。

「ぼくのパンツも三十まい、なんておでんわがこなくて、ほんとによかった、ともいます」

「ほんとよ」

ママが、いいました。

「プーのおばさんか、だれからか電話がきて、プーのパンツも三十枚、なんていったら、どうしましょう。ママ、ひっくりかえっちゃうわ。さあ、いそがし、いそがし」

ママはピンクのきれを、パンツの形にきりぬいて、たったかたあと、ミシンをかけました。そうしたら、やっぱり、ちいちゃなちいちゃなパンツが十枚できました。

あわせて、三十枚ですよ。うそだと思ったら、指をだして、かぞえてごらんなさい。

できちゃった
できちゃった
パンツが三十まい
できちゃった

ママが歌いました。

「ちゃった、ちゃった」

モモちゃんが、おててをたたきました。

みんな、とってもくたびれていたので、それからホットケーキに、蜜をたっぷりかけて、お茶をのみました。

モモちゃんが、パンツを三十枚もっているのは、こういうわけなんです。でもみなさんが、モモちゃんのパンツで、数の勉強をしようとか、ちゃんと三十枚あるかしらべよう、なんて思っても、それはむずかしいことです。

なぜって三十枚のパンツは、いつも、かわりばんこに、物干しで、ぱたぱた歌を歌っているからです。

白いパンツは
ちいさなくもよ
青いそらに
うかぶ
トララ　トラララ
ピンクのパンツは
そらの花よ
かぜにゆれて
ひらく
トララ　トラララ

水色のパンツは
青いことりよ
きれいに　ならんで
うたう
トララ　トラララ

と、まあ、こんなふうにね。

## モモちゃん「あかちゃんのうち」へ

ダリアが真っ赤に咲いている、夏の朝のことでした。

プーはごはんをたべて、ああ、おいしかった、って思いながら、顔を洗っていました。ネコが、顔を洗うのって、ほんとにおもしろいですね。まず前足をなめて、顔をくるっと、こするんです。

そばではモモちゃんが、ママに顔と手を、ふいてもらっていました。それから、卵でべたべたになった、エプロンをはずして、新しいエプロンを、つけてもらいました。

ここまでは、よかったんです。いつものとおりですから。ところがそのつぎに、帽子をかぶせてもらったじゃありませんか！

「どこいくの？　モモちゃん、どこかへいくの？」

プーは、顔を洗おうとしてあげた手を、そのまんま、おろすのをわすれて、ききました。

「ええ、おでかけよ」

ママはかばんの中に、パンツを五枚、おしこみました。

「どこへ？　どこへいくの？」

「あかちゃんのうち、へね」

ママは、ハンカチと、タオルと、ちりがみを、かばんの中におしこみました。

「あかちゃんのうち？　それどういうとこ、とおいの？　ちかいの？」

プーは、ますますびっくりして、ききました。ねえ、だってそうでしょう。「あかちゃんのうち」なんて、きいたこともありません。

「それはね、お仕事をしている、おかあさんのためにね、あかちゃんを、あずかってくれるおうちなの。モモちゃん、もう一つでしょ。だから、昼間はそこに、あずかってもらうの。ママ、お仕事だから。わかった？」

「それじゃ」

プーはさけびました。

「ぼくもそのおうちへ、いくんだよね。だってママは、お仕事してるママだし、ぼく、あかちゃんだもん」

「あらまあ」

ママはいいました。

「プーは、もう、おにいちゃんネコでしょ？　だって、ひとりで顔も洗えるし、ひとりでごはんも、たべられるし、ひとりで、おしっこもできるじゃない？　だから、今度はお留守番たのむわね。おや？　モモちゃん、モモちゃんは、どこへ行ったの？」

モモちゃんは、リンゴのおもちゃで、遊んでいました。そのリンゴのおもちゃは、二つにパチンとわれて、それからまた、パチンとあわせれば、まるいリンゴになるんです。

「モモちゃん、おでかけよ。はやくいらっしゃい」

モモちゃんは、急いで、ぱたぱたはってきました。もうあんよもできるけど、いそぐときは、はいはいです。

「さあ、あかちゃんのうちへ、行きましょう。そうそう、ミルクももって……と。じゃあプー、行ってまいりまーす」

カラカラと、うば車をおして、ママはでていきました。うぇいうぇい、モモちゃんがさけんでいるのが、しばらくきこえ、やがて、しーんと静かになりました。

ぼく、おにいちゃんなのかしら。……おにいちゃんて、つまんないなあ。……プーは、しっぽをなめるのもわすれ、前足の上に、あごをのせました。ほんとにこうやって、モモちゃんのいないおうちで、一日くらすとしたら……。まあ、なんてたいくつなんでしょう！


「あかちゃんのうち」は、野原をよこぎって、森の横の道を、ぐるっとまわったところにありました。

赤い屋根の、白い壁の、きれいなおうちです。大きな煙突がついているのは、わかりますか。クリスマスに、サンタのおじさんがきても、困らないようにです。

中には日のあたる、広いお部屋があります。おすべりや、ぶらんこもあります。たくさんのあかちゃんが、クマのおもちゃを、だっこしたり、絵本をみたりして遊んでいました。

モモちゃんは、ちっとも泣かないで、先生に、だっこしました。そしてママに、バイバイって手をふりました。

「まあ、なんて、強いモモちゃんでしょう！」

先生は、感心しました。ママも、すっかり安心して、

「では、おねがいします」といって、お仕事にでかけて行きました。

ところがです。おやつに、ヨーグルトをたべたあとでした。

モモちゃんは、クマのおもちゃで、遊んでいるうちに、きゅうに、プーのことを思いだしました。プーのニャー、という顔や、プーのぱたぱた動くしっぽや、プーの、グウグウエルエルと、のどを鳴らす声や……。

「プー、プー、プーは」

モモちゃんは、クマのおもちゃをほうりだし、よちよち歩きだしました。

「プーは、プーは」あっちにもいません。こっちにもいません。

モモちゃんの顔は、だんだんべそをかき、

「プーや、プーや、プーよう、プー、プー」

とうとう、ひっくりかえり、そっくりかえり、おう、おうと、涙をふりとばして、モモちゃんは泣きだしました。

先生がとんできて、

「モモちゃん、ほうら、クマちゃんよ」

といって、クマをもたせようとしました。

「プーよう」

モモちゃんは、クマをなげとばし、やっぱり、プープーと泣きつづけました。

「どうしたんでしょう。モモちゃんは？」

「なんだか、プープーって、いってますね」

「プーって、なんのことでしょうねえ」

「わかった。ほら、自動車のことよ。自動車は、プープーっていうでしょう」

そこで、ひとりの先生が、自動車のいっぱい通る広い道へ、モモちゃんを、だっこして行きました。

「ほら、自動車がきますよ。プープーって、いいわねえ。あ、こんどはダンプカーよ。ブーブー」

モモちゃんは、ちょっと泣きやんで、自動車をみていましたが、また、おう、おうと泣きだしました。

「プーよう、プーよう、プー」

すっかり困った先生は、また相談して、こんどは、モモちゃんのうちへ、電話をかけました。

「もしもし、もしもし、もしもうし」

そのとき、モモちゃんちにいたのは、だれでしょう？　もちろん、プーでした。そこで電話にでたのも、もちろんもちろん、プーでした。

プーは、電話の受話器をはずすと、片方に口をつけ、はあいとさけび、それから、もう片方に、急いで耳をおしつけました。

すると、電話の奥で、先生の声がしました。

「あのう、こちら『あかちゃんのうち』で、ございますけどね、モモちゃんがですね、プープーといって、どうしても、泣きやみませんの。あの、プーというのは、なんでしょう。お心あたりは、ございませんか」

「おこころあたりですって！」

プーはさけびました。

「それは、ぼくのことですよっ。じゃ、モモちゃんは、ぼくにあいたがっているんですね。そこへは、どういくんですか、え？　森のよこのみち？　はい、わかりました。ぼく、すぐにいきます」

プーは、鉄砲玉のように、とびだしました。野原をこえ、森をぬけて、「あかちゃんのうち」に、つきました。

そして、モモちゃんの膝に、とびこみました。

「プー、プー、プーや」

モモちゃんは、涙と鼻で、ぺたぺたになった顔を、プーにこすりつけました。そして、きゃっきゃっと笑いました。

「へえー、プーって、ネコちゃんだったの。まあ、そう」

先生は、汗をふきふき感心しました。

プーが、モモちゃんと一緒に、毎朝「あかちゃんのうち」に行くようになったのは、こういうわけなのです。

# プーのしっぽ　ぱたぱた

ちいさなモモちゃんも、ずいぶん大きくなって、一つと少しになりました。もう、おもちゃの汽車ポッポも、ひっぱって歩くし、ポッポの上にアヒルをのせて、おとさないように、ひっぱって歩くこともできます。

それから、ママのお背中を、トントンできるし、パパのところへ、たばこやマッチを、あい、ってもって行きます。

ママはいばって、プーにいいました。

「ねえプーや、プーはもうせん、ぼくは、生まれたときから、ひとりで、おしっこができますよって、いばっていたけどね。モモちゃんだってもう、ちっこ、っておしえるようになったわよ。それから、汽車ポッポもひっぱるし、やっぱりネコより、人間のほうが、えらいな」

プーは、くやしがっていいました。

「ネコだって、えらいですようだ。しっぽがあるもん。しっぽふれるもん。ぼく、じょうずだもん」

プーは、しっぽをくるくる、ぱたぱた、ふってみせました。

「ね、モモちゃんには、できないでしょ！」

さてプーは、モモちゃんのママと、そんな話をしたので、これはひとつ、りこうなところをみせなくっちゃ、と考えました。しっぽくらいじゃ、あんまりいばれませんからね。

ところが、どうです。そう思って、お庭をのそのそ歩いていますと、あれっ、どこからきたんでしょう。おいしそうなネズミが、目の前を、歩いて行くではありませんか！　それも、ただのネズミじゃなくて、お砂糖みたいに真っ白なネズミです。プーは夢中で、はねあがると、白いネズミをくわえ、ママのところへ、かけだしました。

アー、ウー。

プーは、かけまわりながら、いばって鳴きました。どうですママ、ネコって、えらいでしょ。そういいたいのですが、口がいっぱいなので、アーウーとしか、うなれません。

「まあ、プーったら！」

ママがさけびました。

プーは、ママのまわりをかけまわり、とうとうくたびれて、ちょっと白いネズミを、下へおろしました。ひとつ、ゆっくりほめてもらおうと、思ったんです。ところが、ママは、あっというまに、白いネズミをつまみあげ、てのひらへ、のせてしまいました。

「かわいそうに、白いネズミじゃないの。ぶるぶるふるえて……。よしよし、よしよし」

ママは白いネズミを、そっと、からっぽの小鳥の籠《かご》にいれてやりました。そして、いうんです。

「さあ、ここなら大丈夫よ」

ニャオーン、アーン、エーン。

プーは、がっかりして泣きました。ああ、あんまりです。あんまりです。

おまけに、モモちゃんまで、チュッチュや、チュッチュや、なんていいながら、白いネズミのそばにおすわりして、動きません。そして、コッペパンをむしっては籠につっこみ、むしっては籠につっこみ、とうとう、みんなチュッチュに、やってしまいました。

「まあ、パンのお城ができちゃった、床もパンよ。腰かけもパンよ。ネズミさんは王子さまみたい。うれしいなあって、パンをたべているわ。お水もあげましょうね」

ママったら、そんなことをいっています。いいですよ。ぼくのとってきたネズミなのに、とっちゃってさ。ありがとう、ともいわないしさ。おりこうね、ともいわないしさ。だあれもぼくのこと、考えてくれないんですからね。パンもくれないし、いいですよ。

プーは、ぷんぷんして、お庭のすみっこで、寝ていましたけど、だあれも、プーや、なんてさがしにきてくれませんでした。

そのうち、夜になりました。

プーは、あんまりおなかがすいちゃったので、おうちへ帰ろうかな、でもぼく、怒っているんだから、帰るのやめて、じっとしていようかな、なんて考えていますと、

「プーや、プー、そんなとこでどうした」

って、声がしました。

モモちゃんのパパが、帰ってきたんです。

ニャーン。

プーはうれしくて、うれしくて、パパの足に、くるくるじゃれました。一緒に、うちの中へはいると、ママがいいました。

「パパ、プーがね、白いネズミを、おうちへつれてきたの、ほら、かわいいでしょう」

「そりゃ、えらい！」

パパがいいました。

「ふつうのネコなら、たべちゃうのに、えらいぞ、プーは」

それをきくとプーは、もっとうれしくなって、パパの膝に、とびのりました。ああ、大好きなパパ、パパならぼくのこと、ちゃあんと、わかってくれるんだ！

「パパ、みて。ぼく、しっぽを、じょうずにふれるよ。しっぽぱたぱた」

プーはしっぽを、ぱたんぱたん、ふりました。

「プー、ちっぽぱたぱた」

モモちゃんも、喜んで、手をたたいて、さけびました。プーは、もううれしくて、おなかのすいたのもわすれ、しっぽをぱたぱた、ふりつづけました。

# 逃げだした ニンジンさん

ある日のことでした。

モモちゃんは、裏の原っぱで、プーと白いネズミのチュッチュと、おままごとをしていました。

「ちょうだいな。パンパンちょうだいな。おさんぽ、ちょうだいな。あい、どうも、どうも、十えんです」

するとと、お団子をつくっていた、チュッチュが、ふいにさけびました。

「ごちそうのにおいだ！」

「え、なんだって」

プーは、鼻をくんくんさせて、いいました。

「うそだあい、チュッチュのうそつき」

「ほんとだもん。ぜったい、ほんとだもん」

チュッチュは、モモちゃんの肩に、かけあがりました。そして、せいのびして、においのする方を、ながめましたが、たちまち、うれしそうな、キイキイ声をあげました。

「ほうら、あっちからくるもん、ごちそうがくるもん」

「えっ、どこに?」

「ごちそうだって!」

モモちゃんとプーは、せいのびして、チュッチュの指さした方を、よくみました。そしたらほんとに、草のあいだの細い道を、……なにが、きたと思いますか。

ジャガイモさんと、ニンジンさんと、タマネギさんが、カレー粉の袋をしょって、よちよち、やってきたのです。

「ほうら、ね、ごちそうでしょ」

チュッチュはとくいですが、プーは、がっかりして、ぴんと立っていたしっぽも、たらり、とさがってしまいました。

「なあんだ、モモちゃん、あれが、ごちそうだってさ」

そのころちょうど、ジャガイモさんたちも、モモちゃんを、みつけました。

「あっ、モモちゃんだ。モモちゃん、こんにちは。じつはいまから、モモちゃんちへ、行くとこなんですよ」

ジャガイモさんは、よちよち走ってきて、いいました。

「ぼくたち三人組はね、モモちゃんが生まれるとすぐ、モモちゃん、おめでとう！っていいに行ったんですよ。しっていますか」

「しってる、ママにきいたもん」

モモちゃんは、その話なら、ママに、なんべんもきいた、といいました。

「そうですか。なにしろ、あのときはモモちゃんは、生まれたばかりの、ちいちゃなあかちゃんでね。カレーライスはだめだめ、って、ママにことわられたんです。でも、もう大丈夫。カレーだって、たべられますよね、モモちゃん」

タマネギさんが、いいました。

「うん、モモちゃん、なあんでも、たべるもん。でも、ニンジンちゃんは、やだあ」

うえーん、だれかが、泣きだしました。ニンジンさんが、泣きだしたんです。

「モモちゃんが、きらいだっていったあ、いったあ」

ニンジンさんは、くるっとうしろをむくと、いまきた原っぱのむこうへ、どんどん、走って行ってしまいました。

「あ、あれ……」

みんな、びっくりしてしまいました。

「ニンジンちゃん、まってえ、まってえ」

いっとう先にモモちゃんが、かけだしました。プーも、かけだしました。チュッチュもかけだしました。

ジャガイモさんとタマネギさんもあわてて、カレー粉の袋をかつぎ、よちよち、かけだしました。ところがニンジンさんは、かけっこの選手らしく、どこまで行っても、みつかりません。

しばらく行くと、ウサギが、昼寝をしていました。

「ウサギさん、おきてよ。ニンジンちゃん、しらない？」

「むにゃむにゃ、だれをしらないか、だって？」

「ニンジンちゃんよ」

「そんなやつは、……えっ」

ウサギはとびおきました。

「ニンジンだって！」

ウサギはニンジンさんなら、大好きだから、ぜひ一緒にさがしに行く、といいました。

そこでモモちゃんと、プーと、チュッチュと、ウサギは、ぱたぱた走って行きました。

そのあとを、ジャガイモさんと、タマネギさんが、やっぱりカレー粉の袋をかついで、よちよち、走って行きました。

しばらく、走って行くと、ドンと音がして、モモちゃんと、プーと、チュッチュと、ウサギは、いっぺんに、穴の中へ、ころげこみました。

「だれだあ。天井をこわすのは」

モグラが、キィキイ声をたてて、首をだしました。モグラは大きなお部屋を、いまやっと、堀りあげたところだったんです。

「ごめんなさい」

モモちゃんが、いいました。そして、ニンジンさんを、さがしに行くところなんだと、いいました。

「ははあ、ニンジンさんねえ。あの子は、暗いところが好きだから、どこかへもぐって、泣いてるかもしれないね。みつけたら、しらせてやるよ」

そこでモモちゃんと、プーと、チュッチュと、ウサギは、穴からはいあがると、また、ぱたぱた走って行きました。

そのころようやっと、ジャガイモさんと、タマネギさんが、おいつきました。そしてまた、よちよち走って行きました。

しばらく行くと、小川が、流れていました。

「ニンジンちゃーん」

モモちゃんが、大きな声で、呼びました。返事がありません。もういっぺん、呼びました。返事が、ありません。もういっぺん、呼びました。やっぱり返事は、ありません。

「ニンジンさん、かわいそうだ。ぼく、ニンジンさんが、大好きだったのに」

白いネズミのチュッチュは、悲しそうに、すわりこんでいいました。

「ぼくもさ」

ウサギがいいました。

「ぼくの結婚式には、ニンジンさんさえいてくれたら、ほかのごちそうは、いらないくらい、好きなんだ」

みんなため息をついて、そこに、すわりこみました。

すると、地面が、もくもく動いて、モグラが鼻をつきだしました。

「ずうっと、さがしたけど、ニンジンさんは、いないようだねえ」

それをきくと、ジャガイモさんと、タマネギさんは、泣きだしました。そしてタマネギさんは、歌いました。

ぼくたちは　どうしてだか
いつも三人ぐみだった
スープだって
シチューだって
ぶたじるだって
いつもいっしょだった……

タマネギさんの歌をきくと、みんなつうんと目がいたくなって、ほろほろ涙がこぼれました。

ところが、プーだけは、別だったんですね。

「へっ、やんなっちゃう。めそめそしてさ。ぼくは、ニンジンなんてだいきらい。

そりゃ赤くて、かわいいけどさ。ぼくが赤くて、すきなものといったら、キンギョだよ。しっぽふってさ。きれいで、おまけにおいしいもん。それを、ぱっとつかまえるときの、そのきもち……」

プーはモモちゃんたちに、おしりをむけ、小川の流れをみながら、うっとりと、考えつづけていました。

すると、おや？　はてな、あれは……なんだろ！

赤いものが小川の中を、キンギョだ！　ザブーン。ものすごい水音。

プーが、とびこみました。

「あっ、プーが、ニンジンちゃんをみつけたあ」

モモちゃんが、さけびました。

やがて、ずぶぬれになり、キンギョではなくて、ニンジンさんをくわえたプーは、うらめしそうに、岸にとびあがりました。

「ニンジンちゃん！」

みんなはどっと、ニンジンさんを、とりかこみました。そして、よかったね、よかったね、といいました。

よくなかったのは、プーで、体じゅうぺろぺろなめながら、がっかりしていました。

でも、お日さまは、ぽかぽかとあたたかく、プーの毛をかわかしてくれましたし、そのうえ、勇敢なネコ、プー、という名前と、バターを半ポンド、ごほうびにもらったので、やっぱりよかった、と思いました。

# モモちゃん　怒る

それはモモちゃんが、二つと少しになった、ある夏の晩のことでした。

ママはお仕事が、とっても、遅くなってしまいました。

「ああ、大変だわ。モモちゃん、もう、寝たかしら」

ママは、電車からおりると、大急ぎで歩きだしました。駅の前の通りは、いつもなら、とても明るいのですけれど、もう、真っ暗です。お店の戸も、しまっています。通る人も、ありません。それなのに……、

「おや？」

ママは立ちどまりました。

むこうから、ちいさなちいさな女の子が、よちよち、歩いてくるじゃありませんか。そして、そのうしろからは、真っ黒なネコが……。

「あらまあ、モモちゃんと、プーじゃないの」

ママは、びっくりしてかけよりました。

「いったい、どうしたの、モモちゃんは」

モモちゃんは、なんにもいいません。だまって、前をむいて、立っています。

「どうしたの、って、おこってるんですよう、モモちゃんは。ママが、あんまりおそいから、もう、おこっちゃって、ずうっと、ずうっと口をきかないの」

プーがいいました。

「ごめんなさいね、モモちゃん。あら、お水飲むの？」

モモちゃんは、だまって、どんどん歩いて、駅の広場にある水飲み場に、よじのぼりました。

「お水がほしいのね、はい」

ママは、水道の栓を、ひねりました。水が、噴水のように、きらきらとふきあがりました。いつもならモモちゃんは、これをみて、手も足も、ばたばたさせて、喜ぶのです。

でも、だまったまま、ママにだっこされて、お水を飲みました。

「もう、いい」

モモちゃんが、いいました。

「ああよかった、やっと口をきいた。さっきから、ずうっと、だまってるんだもん」

プーが、ほっとしたように、しっぽをなめました。ママはモモちゃんを、下におろして、水道の栓を、とめました。

その、ほんのちょっとの間《ま》なんです。モモちゃんが、駅の中へかけこんだのは――。

「あっ、たいへん、モモちゃんが！」

プーがさけび、ママもびっくりして、

「モモちゃん！　モモちゃん！」

と、大きな声で、さけびながら、あとを追いかけました。

モモちゃんは、口を、への字にむすんだまま、改札口をくぐりぬけ、真っ暗なプラットホームにかけあがりました。

え、駅はもう、真っ暗だったんですよ。ママの乗ってきた電車が、いっとうおしまいの電車でしたからね。

そこへかけつけたママが、改札口を通りぬけようとすると、駅員が、とびだしてきました。

「もう、電車はおしまいです。通らないでください」

駅員は、どなりました。

「電車じゃないんです。うちの子がホームに」

「えっ、なんですって？」

ふいに、ゴーッと、音がしました。そして、みたことも聞いたこともない、空色の電車が、窓いっぱいあかりをつけて、ホームに、すべりこんできました。

「ああっ、電車だ！」

駅員は、目をまわしました。

「モモちゃん、あぶない！」

ママは、駅員をつきとばして、ホームに、かけあがりました。

「モモちゃん！　だめ、のっちゃいけません！」

けれど、ママの目の前で、ドアはぴたっとしまり、ちいさなモモちゃんをのせたまま、空色の電車はもう、動きだしていました。

「モモちゃーん」

ママはホームに、へたへたとすわり、泣きだしました。

「モモちゃーん」

モモちゃんは、空色の電車の中に、ちょこんと、すわっていました。まわりには、やっぱりモモちゃんくらいのちいさな子が、十人ぐらいのっていました。みんな、怒った顔をしています。

「みなさん、切符を、拝見いたします」

車掌さんが、きました。みんな、空色のきっぷをみせました。モモちゃんは困って、手をだしてみました。そしたら、どうでしょう。モモちゃんは、いつのまにか、空色の切符を、しっかりにぎっていました。

「はい、けっこうです」

車掌さんは、切符に、パチンと印《しるし》をつけると、いいました。

「ではそろそろ、空へのぼります。みなさん、窓からみていらっしゃい。おもしろいですよ」

それをきくと、のっていた子どもたちは、きゅうにさわぎだしました。

「これ、ひこうきだぞ」

「うそ、でんちゃよ」

「でんちゃひこうきだもん」

「ね」

「あっ、おほしさま！」

ひとりの子が、さけびました。子どもたちは、窓にしがみつきました。電車は、いつのまにか空へ、でていたのです。暗い、はがねのような空を、電車は、ぐんぐん走っていました。

赤い星は、さそり座です。

緑色の星は、てんびん座です。

白鳥座は、プラチナのように光り、ちいさな星たちは、ちいさなランプをつけて、ゆらゆらと、うかんでいました。

はあっ。モモちゃんは、ため息をついて、窓ガラスに、おでこをこすりつけました。すると、すぐ隣で、はあっという、ため息がきこえました。

おや？

モモちゃんが横をみると、モモちゃんと、ちょうど同じくらいの男の子が、やっぱり窓ガラスに、おでこをおしつけていました。

男の子は、モモちゃんをみて、にこっと笑いました。

「ぼく、あのね、うーんとおこってるの。きみは？」

モモちゃんは、こっくりしました。

「モモちゃんだって、おこってるんだもん」

「だれのこと？」

「あのね、ママ」

男の子は、モモちゃんの顔を、しばらく見ていましたが、

「ぼくも」

といいました。

「ママ、おかえりが、おそいんですもの」

モモちゃんが、いいました。

「ぼくんちね、あかちゃんうまれたの。そいでね、ぼくがあかちゃんのこと、かわいい、かわいいしているのに、おこるの。あかちゃんのことばかし、かわいがるの。だからぼく、おそらへいっちゃうんだ」

「モモちゃんもよ」

ふたりはにこっとしました。

そして、

「あしょぼうね」

って、約束しました。

そのまに、空色の電車は、どんどん、高く、高く、走っていって、とうとう雲のステーションにつきました。

「はい、みなさん、降りてくださあい。終点です」

車掌さんが、いいました。

ちいさな子どもたちは、ぼうっと光っている雲の上に、ひとりずつとびおりました。

「ふかふかしてるよ。おもしろいよ」

「ねんねのおふとんよ。ころんでも、いたくないの」

すこし大きい子は、でんぐりがえしをしました。でんぐりがえしができないほどちいさい子は、ころころ、ころげました。

それから、まあるく輪になって、とおりゃんせ、とおりゃんせ、をしました。そして、あんまり同じ方にばかりまわったので、目がまわって、みんないっぺんに、しりもちをついてしまいました。

「おなか、すいた」

きゅうに、ひとりの子がいいました。すると、さっきの男の子が、びっくりしたようにいいました。

「このくも、なめてごらん、あまいよ」

「ほんと、アイシューモみたい」

モモちゃんも、雲をちぎって、なめながらいいました。

「おいしいよ。おいしいよ」

ぼうっと、あんず色に光っている雲は、甘くって、すこし冷たくって、アイスクリームのシュークリームみたいです。

みんなは、もうられしくて、おなかぽんぽんになるまでたべました。

「ママなんか、いらないもん」

だれかがいいました。

「ね」

「ね」

「ね」

みんなが、いいました。

「パパだって、いらないや。おこるんだもん」

男の子が、いいました。

「ね」

「ね」

「ね」

またみんなが、いいました。けれどその声は、さっきよりか、元気がありませんでした。

「でも、ママ、やっぱしすき」

だれかが、すこし泣き声で、いいました。

「モモちゃんも」

モモちゃんも、いいました。そうしたら、急に悲しくなってきました。

そのとき、

「モモちゃーん、モモちゃーん」

遠い、雲の下から、ママの呼ぶ声が、かすかにきこえてきました。

悲しい、悲しい声です。

「あっ、ママだ、ママァ、ママァ」

モモちゃんは、走りだそうとして、雲にひっかかり、ぱたんとたおれました。

「ママァー、ママァー」

ああ、どうしたら、ママにあえるのでしょう。もう、空色の電車もありません。暗い、広い空の真ん中に、あんず色の雲だけが、ぼうっとうかんでいます。

「ママァー、ママァー、おうちへかえるう。ママァ」

それをきくと、みんないっせいに、泣きだしました。おうちへ帰りたくて、ママにあいたくて、

「ママァ、ママァ」

「おむかえに、きてよう」

あーん　あん　あん　あん

うおーん　おん　おん　おん

ライオンの子のように、みんな泣きました。

「モモちゃあん、モモちゃあん」

泣きだしそうな、ママの声が、やっぱり、遠い雲の下から、とぎれとぎれに、きこえてきます。ニャーンニャーン。プーの声も、きこえてきました。きっと空をみ

あげ、しっぽを立てて、くるくるまわりながら、鳴いているのでしょう。

モモちゃんは、それをきくと、もっと悲しくなり、まるで、やかんをひっくりかえしたように、泣きだしました。

すると、ほかの子たちも、なお悲しくなって、おーん　おん　おん　おんと、バケツをひっくりかえしたように、泣きました。

そのうちに、涙で雲が、ぺたぺたにとけだし、とうとう底がぬけてしまいました。

そして、モモちゃんも、ほかの子どもたちも、いつのまにか空にうかび、しゃくりあげながら、下へ、下へとおちていきました。

「モモちゃん！」

ママは手をのばして、ふわりとおちてきたモモちゃんを、しっかりだっこしました。しゅくしゅくしゅく、モモちゃんは、まだ泣いていました。

「ごめんね。モモちゃん、ごめんなさいね」

ママは、涙と汗で、べたべたになった、モモちゃんの顔や、髪の毛を、乾いたタオルでふきました。それから、モモちゃんをだっこして、静かにゆすりながら、歌を、歌ってくれました。

ねんねんよ
おころりよ
ぼうやのおもりは
どこへいった
あの山こえて
さとへいった
さとの　みやげに
なにもろた
…………

モモちゃんの、大好きな歌です。モモちゃんは、ときどき、すすりあげながら、ママの首にしっかり手をまきつけて、ねむりました。

雲のステーションに行っていた、ほかの子どもたちも、みんなこうして、ねむっているでしょうね。

# モモちゃんのおくりもの

朝です。モモちゃんが、「あかちゃんのうち」へ、でかける時間です。もう、うば車には、のりません。ママと手をつないで、よちよち歩いて行きました。

ニャーン。プーもしっぽを、ぴんと立てて、ついて行きました。だってこのあいだも、

「あかちゃんのうち」の先生が、いったんですよ。

「プーさんが、モモちゃんといっしょにきてくれて、ほんとに助かるわ。泣いているあかちゃんも、プーさんの、おしっぽぱたぱたをみると、すぐ泣きやんで、笑いだすんですもの」

どうです。こんなに、丁寧に、挨拶されるネコなんて、めったにないでしょ?

プーはいばって、歩いて行きました。

しばらく行くと、モモちゃんが、

「あれは」

って、指さしました。このごろ、モモちゃんは、なにをみても、あれは？　って、きくんです。

「あれはね、雲。ふわふわ、とんでいくの」

ママがいいました。

「あれは」

「あれはね、トンボ」

「あれは」

「あれはね、ええと、ね」

高い木の上で、シャンシャンシャンと、鳴っているのは……、

「わかった。キリの実よ、キリの木に、実がなって、鈴のように、鳴っているの」

「ちょうだい、ちょうだい」

モモちゃんは、両手を、のばしました。

「困ったわ。ママ、木のぼりが、できないもの」

「ぼく、できる！」

プーが、さけびました。そして、いうより早くキリの木にかけのぼり（それはとても、つるつるしていましたけど）、ひと枝くわえて、かけおりました。

「はい、モモちゃん！」

「プー、つよい。プー！」

モモちゃんは、手も足もばたばたさせて、喜びました。

「そうさあ、だってぼく、モモちゃんのプーだもん、ね、ママ」

プーがとってきたキリの実は、まるで、お船みたいでした。そして、お客さんみたいに、かわいい豆が、くっついています。モモちゃんはうれしくて、しっかり枝をかかえると、よちよち、歩いて行きました。

しばらく行くと、ちいさなおうちの前にでました。このおうちは、「いつもけむりのでているうち」といいました。なぜかっていうと、ちいさなおばあさんがすんでいて、焼きいもを焼いているからなんです。

おばあさんは、モモちゃんをみると、いいました。

「おや、モモちゃん、いいものもっているわね。おばあちゃんのおいもと、とりかえっこしない？」

「やあよ、やあよ、やあよ」

モモちゃんは、上をむいていいました。

「ねえ、ぼくが、とってあげたんだもんねえ。だれにもあげないよねえ」

プーが、いばりました。

「まあ、そんなことをいうんじゃありません。ごめんなさいね」

ママは、あやまりました。

「いいんですよ、いいんですよ」

おばあさんは、くっくと笑いました。そのまにモモちゃんは、よちよち、よちよち、歩いて行きました。

「あかちゃんのうち」までくると、先生がでてきて、いいました。

「おやモモちゃん、いいものもっているのね。先生に、ひとつくださいな」

「やあよ、やあよ、やあよ」

モモちゃんは、上をむいて、いいました。

「あのね、ぼくが、とってあげたの。だもん、だれにもあげないよねえ」

プーが、いばりました。

そこへ、ママがおいついて、

「また、やあよって、いってるの、モモちゃんは。いけませんよ」

といいました。

けれど、モモちゃんは、もうとっくに、靴をぬいで、お部屋に、かけこんでいました。

たちまち、たくさんのあかちゃんが、手をのばして、さけびました。

「ちょうだい、ちょうだい、ちょうだい」

よちよちあるきのあかちゃんたちは、手をのばして、モモちゃんを、とりかこみます。

「ちょうだい、ちょうだい」

「やあよ、やあよ、やあよ」

モモちゃんは、キリの枝をさしあげ、泣きそうになって、走りました。

「ちょうだい、ちょうだい、ちょうだい」

「やあよ、やあよ、やあよ」

よちよち、よちよち、たくさんの手の中を、モモちゃんはくぐりぬけ、くぐりぬけ、とうとう、広いお部屋の、すみっこまで、走って行くと、

「あい」

キリの枝を、さしだしました。

「コウちゃんに、あげる」

そこには、ひとりの、ちいさなゾウさんみたいな男の子が、びっくりしたように、立っていました……。


帰り道、ママはふと、プーに気がつきました。

「おや、プー。今日は、おうちに帰るの？　あかちゃんのうちに、いないの？」

「うん」

プーは、しっぽをたれ、しょんぼりと、いいました。

「だって、モモちゃんたら、コウちゃんとばかし、遊んでいるんだもん。ぼくのキリの実、あげちゃうんだもん」

それから、少しして、プーは、またいいました。

「けさね、モモちゃんのポケットから、サイダーのせんと、石ころ、でてきたでしょ」

「そうそう、まあばっちい、ってすてたら、モモちゃん、ひっくりかえって怒ったわね」

「あれね、きのう、コウちゃんが、くれたんだよ。モモちゃん、あい、って……」

「まあ、そうだったの」

ママは、ちいさなゾウさんみたいな、男の子を思いだして、くすり、と笑いました。

それから、元気よくいいました。

「ねえプー、今日のおかず、なににする？　プーの好きな、お魚、どう？」

と、まあ、こういうわけで、モモちゃんとコウちゃんが仲良しだ、ってことがわかったのです。

# 雨　こんこん

モモちゃんが、いいものを、買ってもらいました。なんでしょう。あのね、真っ赤な傘にね、真っ赤な、長靴。

「あかちゃんちに、もってくの」

モモちゃんが、いいました。「あかちゃんのうち」へもって行く、っていうんです。

「やなモモちゃん、傘と長靴はね、雨こんこん、ふったときよ」

「だって、コウちゃんに、みせるのよ」

モモちゃんは、お口を、とがらせました。

「でもね、お天気の日には、だあれも、傘さしていないでしょ。モモちゃんだけさしたら、おかしいな、おかしいな」

「おにわでは？」

「そうね。お庭でなら、いいわ」

ちいさなモモちゃんは、大きな傘をさして、真っ赤な長靴を、はきました。

雨こんこん　ふってるもん
うそっこだけど　ふってるもん
雨ふりごっこ　するもん
よっといで

「いれて」

だれかが、へんな声で、いいました。

「あ、カエルちゃんだ」

「カエルはカエルでもね、ガ、がつくカエル」

「が？　が？　わかったもん。ガムガエルちゃんでしょ」

「やだな。そういえばぼく、ガムのかんだのに、にてるけどさ。ガマガエル、っていうの。ぼくも雨こんこん好き、いれて」

「ん、ガマガエルちゃん、あそぼ」

そこで、モモちゃんとガマガエルは、歌いながら、トントン、のそのそ、歩きまわりました。

雨こんこん　ふってるもん
うそっこだけど　ふってるもん
雨ふりごっこ　するもん
よっといで

そうしたらまた、だれかが、

「いれて」

っていいました。かわいい声です。

あれ、だれだろ、だれだろって、みまわしたら、はっぱのかげの、カタツムリでした。

「あたしも、雨こんこん、大好き、いれて」

雨こんこん　ふってるもん
うそっこだけど　ふってるもん
雨ふりごっこ　するもん
　よっといで

そうしたらまた、だれかが、

「いれて」

って……。

だれでしょう。雨です。雨が、ポツンポツンて、ふってきたんですよ。

モモちゃんは、喜んで、

「ママー、雨ふりごっこするもん、よっといで、ってうたったらね。雨こんこんが、いれて、ってきたよ」

って、ママのところへ、走って行きました。

それから、ザーザー、ピチャピチャふる中を、モモちゃんたちは、どろんこになって、ペチャペチャ、のそのそ、歩きまわりました。

# プーは　怒ってます

いま、プーは怒っています。かんかんです。まあ、きいてください。それは、こういうわけなんです。

パパが、お仕事で旅行に行っている、きのうの晩のことでした。モモちゃんは、ねむたくてぐずっているうちに、ママのほっぺたを、ひっかいてしまいました。けさ、目がさめたら、ママのほっぺたに、大きなみみずばれが、できているんです。

「いいわ、いいわ。パパに、いっちゃうもん。パパ、もうじき、帰ってくるんですからね」

ママは、少し横目をつかって、いいました。

「ごめんなさい。もうしません。オックぬってあげるから、いわないで」

モモちゃんは、ママの膝にのっかって、ママにだきついて、いいました。それじゃいわない、ってママは、約束しました。

それなのに、十分もたたないうちにです。モモちゃんは、ぐずりだしました。

「ねんねべべ、きてるのよ。おひめちゃまだもん、きてるのよう」

モモちゃんは、すその長い、ねんねべべが気にいって、ぬぐのがいやなんです。

「ようし、悪い子だ。ママのいうことをきかない、悪い子だ。いっちゃうもん、パパにいっちゃうもん」

ママは、ほっぺたを指さして、いいました。

モモちゃんは、びっくりして、またママにだきつきました。

「もういいません。いうことをきくから、オックもぬってあげるから、いわないで、ママ」

そしてお薬を、ぺたぺた、ぺたぺた、ちいさな指で、十ぺんもぬってあげました。

そこへ、パパが帰ってきました。

「おや、ほっぺたのみみずばれ、どうしたんだ」

「あ、これね」

ママはすまして、いいました。

「プーがしたのよ」

なんだって？　プーはびっくりして、とびあがりました。ぼくが、しただって？

「悪いやつだ、プーは。こら、こっちへおいで、ペンだぞ」

「いいえ、もういいんです。ねむくってしたんですから」

ママが、いいました。

「プーがかい。ねむくてひっかいたの？　へえ……」

パパは、へんな顔をしました。ネコって、ねむいとひっかくかなあ……。そうです。そこです。プーは、ニャーニャー鳴きました。

「パパ、ぼくじゃありませんよう。ぼくは、ひっかきませんよう。それは、それはね、パパ」

でもパパは、夜行列車できたもんですから、ねむくって、ちっともプーの話をきいてくれません。あくびをして、

「プーや、静かにしろよ。おうい、プーのやつ、おなかすいているらしいぞ。なにかやれよ」

なんて、とんちんかんなことを、いいました。プーは、

「ぼく、ごはんがほしくて、ないたんじゃありません！」

って、もっと怒って、しばらくごはんに、おしりをむけていました。

プーが怒ったのは、こういうわけなんです。無理もないでしょう？　ねえ、みなさん……。

# 三つになった　モモちゃん

朝、目がさめたら、モモちゃんは三つになっていました。枕もとに、赤いリボンでかざった、ケーキの箱がありました。それから、ロバのおもちゃ。プーは、カラカラ、ってクルミをころがしてきました。

「モモちゃん、三つになったんだもん。おねえちゃんだもん」

モモちゃんは、大きな声で、さけびました。

「そうだもん。あかちゃんじゃないもん。おねえちゃんだもん」

「そうよ」

ママが、くすくす笑いました。

「だから、ミルクのびんも、さようならね」

「うふん、やだあ」

モモちゃんは、急にはずかしくなって、ママの胸に、顔をつっこみました。え？　どうしてかって？　あのね、内緒ですよ。モモちゃんたら、きのうまでね、あかちゃんのつかうミルクびんで、ミルクをのんでいたんです。両手でかかえて、チュッチュッチュッチュッって。おかしいわね。

「あのね、あげちゃうの」

モモちゃんは、ママの胸に、顔をつっこんだまま、いいました。

「なにを、あげちゃうの？」

「あのね。ミルクびん、ほしい人に。それからね。ガラガラも、おしゃぶりも、あげちゃうの。きめた」

モモちゃんは、ぴょんとはねると、ママにいいました。

「ママ、いいでしょ？　じゃ、モモちゃん、いってきまーす」

モモちゃんは、おもちゃのうば車に、ミルクのいっぱいはいったミルクびんをのせました。それから、ガラガラに、おしゃぶりに、オルゴール人形も、のせました。

カラカラとうば車をおして、原っぱへくると、モモちゃんは立ちどまって、さけびました。

「いいもの、あげますよう。ガラガラに、おしゃぶりに、オルゴールにんぎょう、ミルクもありますよう」

すると、原っぱのむこうに立っている、カシの木がぽろんとゆれて、リスが、かけおりてきました。

「モモちゃん、ぼくにちょうだい、ぼく、おしゃぶりがいいの。かじるの、だあいすき」

「あら、だめよう。おしゃぶりって、なめてるのよ。かじっちゃだめ」

モモちゃんは、いいました。

「それじゃね。かわりに、ガラガラあげる、ガラガラってなるのよ」

「うわあい、うれしいな。こうやってふるんだね。わあい」

リスは、ガラガラをふりながら、またカシの木にかけのぼると、ひとはねはねて、つぎの木へとびうつり、森の中へ、消えてしまいました。

モモちゃんはまた、うば車を、カラカラおして、リスの行った森へ、はいって行きました。

「いいもの、あげますよう。おしゃぶりに、オルゴールにんぎょう、ミルクもありますよう。ほしいあかちゃんは、いませんかあ」

するると、モモちゃんの足の下が、もくもく、ゆれだしました。

「わああん、だれよう」

ぐらぐらぐら、ぽん、まああきれた。顔をだしたのは、モグラでした。

「わしですよ。モグラですよ。そのう、車の中で、コロン　ロローンってなっている、オルゴール人形ね、そいつをいただきたいんで」

「だってこれ、あかちゃんにあげるのよ。モグラさんは、おとなでしょ」

「そうですよ。ですから、うちのあかちゃんにほしいんですよ。なにしろ、モグラってやつは、朝から晩まで、晩から朝まで、くらい地面の下に、暮らしているでしょう。しいんとしてね、なんにもきこえない。……とてもさびしい、暮らしです」

モグラは、目をこすりました。

「そう！」

モモちゃんは、びっくりして、いいました。

「じゃ、このオルゴールにんぎょうあげる。でも、どうやって、おうちへもってくの？　こんな、ちいちゃなあなのに？」

すると、モグラは、いばって歌いました。

トンネルほりなら
まかせておくれ
おいら　うできき
トンネルほりさ
パシッ　プシッ
プシッ　パシッ
どうです　みるまに
ほれたでしょ

「うわあい、大きなトンネルが、ほれちゃった。これなら、だいじょうぶね」

「ね、大丈夫でしょう。じゃあ、いただきまあす」

モグラは、オルゴール人形をかついで、地面の下へ、はいって行きました。

しばらくは、コロンコロン、ロンロン、というオルゴールの音が、きこえてきましたが、やがて、静かになりました。

モモちゃんはそこでまた、うば車を、カラカラと、おして行きました。しばらく行くと森の中にお池が、ありました。

モモちゃんはまた、立ちどまって、さけびました。

「いいものあげますよう。おしゃぶり、あげますよう。ミルクもありますよう。ほしいあかちゃんは、いませんかあ」

すると、シュルシュルシュル、ちいさな音がして、一ぴきのヘビが、草のあいだから、顔をだしました。

「キャーッ、こわあい、ヘビよう」

モモちゃんは、逃げだしました。ヘビはどんどん、おいかけてきます。

「モモちゃん、まってよう。ぼく、ヘビのあかちゃんだよう。にげないでよう」

モモちゃんは、びっくりして、ふりむきました。

「え？　ヘビのあかちゃん？　ヘビにも、あかちゃんがいるの？」

「いやだなあ、ヘビにもあかちゃん、いるよう。ねえ、ぼくにおしゃぶりちょうだい」

「わかったわ。はい、おしゃぶり」

「うれしいな。わあい、おしゃぶりもらった、もらった」

ヘビは、おしゃぶりをくわえて、草のあいだに、もぐっていってしまいました。

モモちゃんは、

「ああ、びっくりした。ヘビのあかちゃんだって、おもしろいな」

って、ひとりごとを、いいました。

「でも、ヘビのあかちゃん、どうやって、おしゃぶりで、あそぶのかしら？」

すると、お池の水が、ピシャンとはねて、モモちゃんのところへ、とんできました。あれっ、とみると、ヘビのあかちゃんが、お池の中で泳ぎながら、歌っているのでした。

そんなことなら
おしえてあげる
お水の中で
あそぶのさ
ボールのように　うかしたり
おはなのさきで　まわしたり
まくらのかわりに　つかったり
とてもべんりな　おしゃぶりさ

ヘビは歌いおわると、ポチャン、とはねました。

「モモちゃん、わかった？　じゃ、バイバイ」

ヘビはシューッと、泳いで行ってしまいました。

そこでモモちゃんは、また森の奥へ、ずんずん、はいって行きました。

ところが、困ったことが、おこりました。モモちゃん、おなかがすいてきたんです。

「モモちゃん、おなかすいた」

モモちゃんは、立ちどまって、そういってみました。でもだれも、お返事をする人はいません。

モモちゃんは、うば車の中を、のぞいてみました。水色のふたをしたミルクびんが、ちゃんと立っています。モモちゃんの好きなミルクびん。

ふたを、パチンとあけて、ゴムのちくびをくわえて、チュッチュク、チュッチュクのんだら、……ああ、どんなに、おいしいでしょう！

「でもモモちゃん、やくそくしたんだもん。ミルクびんとは、さようなら、って、やくそくしたんだもん」

モモちゃんは、泣きたくなりました。おなか、すいちゃったよう……。

すると、どこからか、悲しそうな泣き声が、きこえてきました。ああん、うぉうん、ええん、だれでしょう。泣いているのは……。

「おかあちゃあん、おかあちゃんが、いないよう。おっぱい、ほしいよう」

なきながら、よちよち歩いてきたのはね、クマのあかちゃんでした！

モモちゃんは、ミルクのびんのふたを、パチンととると、クマのあかちゃんのところへ、とんで行きました。

「あげる！」

クマのあかちゃんは、目をまんまるくして、モモちゃんをみつめ、それからミルクびんをかかえると、ゴクゴク、ゴクゴク、息もつかずに、のんでしまいました。

「ああ、おいちかった」

クマのあかちゃんが、いいました。

「おいちかった？」

モモちゃんは、うれしいような、ちょっと悲しいような気持ちで、いいました。

すると木の枝がビシッビシッ、となって、のっそりと、クマのおかあさんがでてきました。

「ありがと、ありがと。モモちゃん」

クマのおかあさんは、モモちゃんをだっこして、高い高いをしました。

「モモちゃんの、おやつのミルクを、くれたんでしょ。ありがと、ありがと」

「ちがうもん」

モモちゃんは、高い高いをされながら、いばっていいました。

「モモちゃん、おねえちゃんだもん。三つになったんだもん。ミルクびんと、さようならだもん。そのミルクびん、クマのあかちゃんに、あげる！」

# かみちゃま　かみちゃま

モモちゃんは、もうせんは、プーのおよめちゃんになるの、っていっていました。でもとってもとっても、大きくなって、三つになったので、ネコのおよめちゃんは、やめにしました。

それでこんどは、パパのおよめちゃんになることにしたのですけれど、パパはときどき、こらっ、って怒るので、パパも、やめにしました。やっぱりコウちゃんに、しようかな。

でも、きょうは日曜日なので、コウちゃんはいません。そこで、

「プー、プー」

って呼んだら、プーが、ニャーンて、走ってきました。

「プー、およめちゃんごっこしよう」

「うん、してもいいよ。それ、ぼくのしっぽ、ひっぱるんじゃなきゃ、する」

「だいじょぶよ。いい子なら」

「いい子だって、モモちゃん、ひっぱるもん」

「じゃあ、ひっぱらない。ゆびきりかんきり、うそいったら、はり千ぼん、のうむ」

そこで、モモちゃんとプーは、およめさんごっこを、することになりました。

「およめちゃんは、白いおべべきるのよ。そして、白い、ながい　きれ、かぶるのよ」

「じゃあ、ぼくは？」

「プーはいいの。プー、おむこちゃんだもん。おむこちゃん、くろいようふくきるんだもん。モモちゃん、しってるもん」

「わあい。じゃあぼく、まいにち、けっこんしきがあっても、だいじょぶだ」

プーは、うれしくなって、しっぽをぱたぱたふり、ついでに、体をよくなめて、ぴかぴかにしました。

モモちゃんは白いきれ、ないかな、ってさがしました。引き出しを、順々に、あけていったら、あ、あった、白いレースのきれです。よいしょと、引っぱりだして、頭からかぶりました。

「いいでしょう。およめちゃんよ。およめちゃんよ」

モモちゃんのおよめさんは、しずしずと歩きながら、サクランボみたいに、赤くなって、笑いました。

プーはというと、プーのおむこさんも、あんまりうれしくて、おむこさんなのを、すっかり忘れてしまいました。だってまあ、きいてください。お部屋中、廊下中、レースがふわふわと、波のようにゆれながら、動いていくんですもの。

ニャーン、ニャーン、プーははねまわり、とびつき、ころげたり、でんぐりがえしをしたり、とうとうレースに、爪をひっかけてしまいました。

ニャーンニャーン、モモちゃん、はずしてよう。ニャーン、アウー、とってえ、いたいよう、アウー。

そのとき、玄関の戸が、あきました。

「まあ」

おつかいにいっていたママが、顔じゅう大きな目になって……、

「こらっ」

って、怒りました。

「カーテンにするレースなのに、こんなにしちゃってえ。悪い子は、モモちゃんですか、プーですか」

モモちゃんは、びっくりして、縁側から、パタパタ表に逃げだしました。

でも、プーはかわいそうに、レースに爪をひっかけて、ぐるぐる巻きになっていたものですから、ママにつかまってペンペンペン、ってされました。

さて、そのまにモモちゃんは、すたこら逃げて、裏の原っぱへきました。

そうしたらあれ？　へんなおばあさんが、買い物籠を、横において、ひと休みしているじゃありませんか。おまけに、そのおばあさんは、にこにこして、いいました。

「モモちゃん、いいお天気ですね」

へんだな。「いつもけむりのでてるおうち」のおばあちゃんみたいだけど、すこうし、へんです。

「どうしたの、モモちゃん。へんなお顔をして。ほら、おいもを焼いている、おばあちゃんですよ」

「だって……」

モモちゃんは、首をかしげました。

「ああ、わかった。歯がないから、へんなのね。ほら、パチン」

おばあさんは、どこからか歯をだして、パチン、お口にはめました。あらまあ、そうしたら、へんなおばあさんは、おいもを焼いているおばあちゃんに、ちゃあんとなりました。

「おめめは？」

「え？」

「おめめも、ぽこんてとれる？」

「ほっほ、おめめはとれないのよ。まだ、のりがよくついているから」

「歯ぁは は、とれちゃったの？ のりが」

「そうなのよ。おばあちゃんになったでしょ？ だから、のりがとれちゃってねえ」

モモちゃんは、はあっとため息をつきました。そして、いきなりおうちへ、かけだしました。ママの歯ぁは、だいじょぶかしら……。

「ねえ、ママ」

モモちゃんが、おうちの中へかけこむと、ママはやぶけたレースを、糸でかがっていました。

「ねえ、ママ!」

「しりませんよ」

「ねえママ、ママの歯ぁは、のりがついている? みせて」

モモちゃんは、ママの口をのぞきこみました。歯をつまんで、ひっぱってみました。

「だいじょぶだ!」

「なんなのよ。モモちゃん」

ママは、へんな顔です。

「あのね。おいもをやいている、おばあちゃんね。歯ぁはがぽこん、てとれるよ。のりが、とれちゃったんだって、おめめはまだ、とれないんだって、ねえママ、ママの歯ぁはもとれちゃう?」

それをきいたママは、怒っていたはずなんですけれども、つい、笑ってしまいました。わかったわ。いれ歯をみて、びっくりしたのね。モモちゃんは……。

「ママのは、大丈夫よ。のりが、ちゃあんとついているから」

「いまには?」

「いまに? そうね。おばあちゃんになったら、とれるでしょうね」

「やあよ、やあよ」

モモちゃんは、ママにだきついて、いいました。

「おばあちゃんになっちゃ、いやよ。ママ！」

その晩、モモちゃんは、神様にお祈りしました。

なりませんように……
どうかママが　おばあちゃんに
かみちゃま　かみちゃま

なれますように……
はやく　およめちゃんに
どうかモモちゃんが
かみちゃま　かみちゃま

ああ、天にいらっしゃる神様も、さぞ、お困りになることでしょうね。

# ママになんか　わかんない

三つになったモモちゃんが、大好きな歌は、おねえちゃんだもん、の歌です。

おつかいだって　できるのよ
おかおだって　あらえるし
大きいんだもん
おねえちゃんだもん

モモちゃんは、毎日毎日、この歌を、大きな声で歌っていました。

ところが、ある日のことです。大変なことがおこりました。モモちゃんの体に、ぽっちん、ぽっちん、あらあら、ほっぺたにも、あらあら、背中にも、あらあら、おへそのまわりにも、赤いぶつぶつが、でてきたんです。

「水ぼうそうよ。きっと」

ママがいいました。

「みじゅぼうしょう？」

モモちゃんが、いいました。

「そう、だから、お医者さんに、行かなくっちゃ」

「おちゅうしゃする？」

「たぶんね」

ママが、返事しました。

モモちゃんは、「たぶん」てなんだろう。しない、っていわないんだから、する方らしいな。そう思って口を曲げ、うえーん、って、泣こうと思ったとき、……ママが、歌いました。

おねえちゃんだもん
大きいんだもん
おちゅうしゃだって　なかないし

## おくすりだって　のめるのよ

「モモちゃん、泣かないよ。おねえちゃんだもん」

モモちゃんは、泣きたいのを、ぐっとがまんして、いいました。

そこでママとモモちゃんは、手をつないで、お医者さんに、でかけました。

お医者さんは、駅の近くです。そして駅の近くには、モモちゃんの、だあい好きな、お菓子屋さんが、ありました。

「ガム、ほしい」

モモちゃんは、立ちどまって、いいました。

「帰りにね」

ママが、いいました。

「なかなかったら、かってくれるんだもんね」

モモちゃんがいいました。

お医者さんにつくと、満員です。ひとり、ふたり、三人、四人、五人患者さんがいました。

六人めが、モモちゃんです。

そのうち、ふたりめも、三人めも、四人めも、五人めもおわって、モモちゃんは、

「モモちゃーん、どうぞ。おはいりくださーい」

って、呼ばれました。

いつもならもうここで、ふぇんふぇんって、べそをかくところです。

でも、泣きませんよ、モモちゃんは。胸をとんとんて、たたくあいだも、お口をああんてするあいだも、ちっとも泣かないで、がまんしていました。

そうしたら、お医者さんが、いいました。

「水ぼうそうです。お薬をあげますから、体じゅうに、ぺたぺたぬってください。さて、それから……」

お医者さんは、首をかしげました。

「モモちゃんは、泣くかな？　泣かないかな？　お注射、しようね」

「泣かないもん」

「ほっほう、泣かない？　えらい、えらい。じゃあ、一本やろうね」

冷たい脱脂綿で、腕をすうっとふいて、ちょっとつまんで、ちくん！　はっ。モモちゃんは、ため息をついたけど、とうとう、泣きませんでした。

「えらい、えらい」

「えらい、えらい」

お医者さんも、ママも、ほめてくれました。

ところが、その帰り道です。

お菓子屋さんのとこまできました。ね、約束したもんね。大丈夫、ママは忘れていませんよ。がま口を、パチンとあけました。

「ガムくださいな。そう、オレンジの十円のね」

モモちゃんは、びっくりしました。

「やあん、二十えんのガムよう」

「まあ、いつもガムは、十円のにきめてあるでしょ、いけません」

「だってえ、モモちゃん、もうおおきいから、おちゅうしゃしても、なきませんねって、ママいったあ、だもん。だもん。ああん」

ああ、あんまりです。お注射するときだけ、大きいんだもん、て、いうなんて……。

モモちゃんは、涙をふりとばし、おう、おうと、泣きつづけました。

「モモちゃん、おおきいんだもん。おねえちゃんだもん。そういったあ、だもん。

二十えんのガムだあ、ああん、ああん。ママなんか、わかんないんだあ」

モモちゃんの水ぼうそうは、はやくお医者さんに行って、はやくお薬をつけて、はやくお注射をしたので、はやく治りました。

ある日のこと、モモちゃんは、のどがかわいたので、水をのみに行きました。台の上にのって、お水をのもうとしたら、あれ、流しのおけの中に、いいものがありました。キュウリが、水にぷかぷか、うかんでいるんです。

ところがモモちゃん、そのとき、大発見をしたんです。

「キュウリちゃん、みじゅぼうしょうだ」

だってほら、キュウリには、ぽっちん、ぽっちん、いぼいぼがあるでしょう？

「キュウリちゃん、おいしゃさんにいこうね。モモちゃん、つれてってあげるね」

モモちゃんは、こういって、キュウリをみんな、お縁側に運びました。

「キュウリちゃん、おちゅうしゃをして、オックをつけてあげますから、ないてはいけませんよ。おにいちゃんでしょう？」

でも、キュウリちゃんには、よくわからないらしくて、だまっています。モモちゃんは、歌を歌ってあげました。

おにいちゃんだもん
大きいんだもん
おちゅうしゃだって　なかないし
おくすりだって　のめるのよ

「はい、わかりましたか」

キュウリちゃんは、お話も、歌も、よくわかったらしく、じっと、おりこうにしています。

そこで、モモちゃん先生は、順々に、ちっくん、ちっくん、お注射をしました。

それから、のりをもってきて、体じゅう、ぺたぺたにぬりました。キュウリも、ぺたぺたになりましたが、縁側も、モモちゃんも、いっしょにぺたぺたになりました。

「おりこうね。なかなかったから、ガムかってあげますよ。二十えんのガムよ」

モモちゃんは、そういいました。そしたら、そのときです。ママがきました。

「まあ、キュウリが、どこへ行ったのかと思ったら、まあ、ぺたぺたにして、まあ、そこらじゅうぺたぺた。モモちゃんの手も。まあ、困った子ですよ」

モモちゃんは、泣きだしました。

「おいしゃさんごっこ、してるんだあ」

涙をふりとばして、モモちゃんは泣きました。だってママが、せっかくオックぬったキュウリちゃんを、つれてってしまうんですもの。

そこへプーが、ニャーンといって、走ってきました。モモちゃんは、プーをつかまえていいました。

「モモちゃん、おいしゃさんごっこしていたのに。キュウリちゃんが、みじゅぼうしょうだから、オックぬってあげたのに。ママになんかわからないんだ。ねえプーや」

# モモちゃん　動物園に行く

モモちゃんが、いっとう先、仲良しになったのは、コウちゃんです。なぜかっていえば、モモちゃんが、「あかちゃんのうち」へはいったとき、よちよちやってきて、あい、ってサイダーの栓をくれたのが、コウちゃんなんです。

赤い電車のついた絵本をみせてくれたのも、コウちゃんでした。

それからふたりは、どんどん、どんどん大きくなって、一緒に二つになりました。

それからまた、どんどん大きくなって、一緒に三つになりました。

でも、やっぱりモモちゃんと、コウちゃんは、いっとうの、仲良しです。

「モモちゃん、モモちゃん」

コウちゃんが、どこかで呼んでいます。どこかしら。モモちゃんが、ぐるぐるっ

とまわったら、

「ここだよ、ここ」

って、コウちゃんが、机の下から、首をだしました。モモちゃんは、喜んで、机の下にもぐりこみました。

「これ、動物園にいく、モノレールだよ」

「ん、モノエーウだもんね」

「うごきますよ。ゴーッ」

コウちゃんが、車掌さんになって、そういったら、モノレールはもう、動物園についていました。カバのおうちの前です。

「モモちゃん、カバとあそびたいな」

モモちゃんが、いいました。

「あのね、とこやさんごっこするの」

「へ、カバには、毛がないもん。とこやさんごっこなんか、できないよ」

「できるもん」

「できないもん」

ふたりが、いいあいっこしてたら、カバがあくびをして、いいました。

「モモちゃんの床屋さん、ぜひやってもらいたいねえ」

「ほうら、カバさん、するっていったもん」

モモちゃんはいばって、敷布《しきふ》をカバの首に、巻きつけました。

それから、ちいさい指で、クリームをぺたぺた、顔にぬりました。

一びんぬっても、まだ足りません。

二びんぬっても、まだ足りません。

「のりならあるよ。せんせいのひきだしにはいってる」

コウちゃんが、いいました。そしたら、カバはあわてて、

「やだよ。のりなんかぬられたら、かおが、かばかばになっちまう」

って、反対しました。

「そいじゃ、こんどはかんかん、あらいますう」

モモちゃんは、カバの頭にのっかると、しゅっしゅって、石けんをふりかけて、
ごちごちごち、と洗いました。

「はい、おめめ、つぶっててください」

カバは、一生懸命、目をつぶりました。コウちゃんは、

「ぼく、そいじゃ、ブラシかけてあげる」

といって、体に、ブラシを、シュッシュッと、かけました。

「いいねえ。床屋さんて、いい気持ちだねえ。むにゃ、ふう――」

カバは、いい気持ちになって、寝てしまいました。

「あ、カバさん、ねちゃったよ。もしもし、おきてよう」

「とこやさん、おわりまちたあ。十えんください」

コウちゃんとモモちゃんは、一生懸命、ゆすぶりました。そしたらカバは、

「ああむ、にゃむ、にゃむ」

と、やっと目をさましました。

大きな口をぱくりとあけ、お日さまのほうをむいて、あ、ああんと、あくびをしました。そのとたん、

ハハハハハ　ハァーくしょん

大きなくしゃみがでて、モモちゃんとコウちゃんは、ふきとばされてしまいました。

モモちゃんとコウちゃんが、おっこちたのは、ライオンのおりの前でした。そし

たらコウちゃんがいいました。

「ライオンとさ、ヒョウとさ、トラとさ、つれてあそびにいこうよ」

「ライオンと？」

「そうだよ。ライオンとあそばなくちゃ、つまんないや、どうぶつえんにきたんだもん」

「こわくない？」

「こわくなんかないよ」

そうしたら、ライオンが、その話をちゃあんときいていて、いいました。

「ぼく、コウちゃんにさんせい。ぼくだってさ、こんなところにいれられてさ、人間にみられるばかしでさ、つまらないよう、遊びたいよう、ワオワオ」

ライオンは、少し泣いてみせました。なんだか嘘泣きみたいなのに、コウちゃんは、

「ようし、それならぼく、だしてあげる」

といって、ガチャン、鍵をはずしました。

ライオンは、ネコみたいに、はねながら、でてきました。

コウちゃんは、得意になって、ガチャン、ガチャン、ガチャン、と、トラのおり

も、ヒョウのおりも、みんなあけてしまいました。そしてみんなで、

はらっぱへいこう　ワオー
はらっぱへいこう　ワオー

と歌いながら、つむじ風のように、かけていきました。その勢いが、あまりすごかったので、ダンプカーも、ハイヤーも、ビュン、ダン、と、空へ舞い上がって、おっこちたほどでした。

さて、原っぱへついたらです。困ったことになりました。

「おなかすいた、どうしてもすいた」

って、みんな、いうんです。

「ぼくもすいた、ほんとうにすいた」

ヒョウがそういって、じろじろ、モモちゃんをみました。

「ぼくもすいた。だいたいぼくは、ちいさな子をみると、おなかがすくんだ」

トラもそういって、モモちゃんと、コウちゃんをながめ、ぺろぺろ、舌なめずりしました。

「モモちゃん、なにかもっていない？　そのう、あんパンかなにかさ」

ライオンが、気の毒そうにいいました。モモちゃんはポケットを、さがしましたが、でてきたのは、ガムだけでした。

「ガムあげるわ。はい、一まいずつよ。あのね、ううんとよくかむの。わかった？」

モモちゃんがそういって、あげたのに、ライオンも、ヒョウも、トラも、チューインガムを、ぺろぺろとのみこんで、またいいました。

「すいた、なおすいてきた。ガムって、食欲増進剤、じゃないかなあ」

するとコウちゃんが、とびあがっていいました。

「いいことかんがえた、ぼくしってるよ。でんわかけると、おいしいもの、もってくるよ。まいどありい、って、もってくるよ」

「ほんとか、なら、はやくかけろ」

ヒョウが、うなりました。

「じゃ、でんわかけるから、なにがいいか、いってよ」

コウちゃんが、いいました。

「ぼくは、ジャムパン百個だ！」

ライオンが、いいました。

「ぼくは、ビフテキだ。それも、ちいさいのじゃだめだぞ。そこにいる女の子くらいの、切ると、血のでるやつだ」

ヒョウが、うなりました。

「ぼくは、ライスカレー二十人前、はやくだぞう、はやくしないと、くっちまうぞ」

トラがわめいたので、コウちゃんはとびあがり、原っぱのむこうに走って行って、電話をかけました。

「もしもし、ジャムパン百個にね、ええと、ええと、ライスカレー、いっぱい」

「二十人前だ!」

トラが、わめきました。

「あのね、二十人まえ、それからね、ええと」

「ビフテキだ!　おまえくらいのだぞ!」

「ビフテキ、あのね、ぼくくらいの」

コウちゃんは、帰ってくると、

「いますぐ、もってくるって、ちょっと、あそんでてねって」

といいました。

「遊ぶだあ？　なにして遊ぶんだ」

トラが、いいました。

「まりなげがいい。この子どもをまりにして、なげっこするのがいいぞう」

ヒョウが、いいました。

「だめっ、モモちゃんがいいこと、おしえてあげる。あのね、おててつなぐの。そして、お口あけて、うたいながら、まわるの」

ライオンと、トラと、ヒョウは、大きな口をあけました。

「はい、いいですかあ」

とおりゃんせ
とおりゃんせ
ここはどこのほそみちじゃ

「ははは、おもしろいぞ」

この子の七つのおいわいに
おふだをおさめに　まいります
いきはよいよい　かえりはこわい

「あははあ、今日みたいだぞ」

こわいながらも　とおりゃんせ
とおりゃんせ

「もういっぺん、もういっぺん」
ヒョウが、さけびました。

とおりゃんせ
とおりゃんせ
ここはどこの……

「のろいぞのろいぞ、もっとはやくだ」
トラがさけびました。

この子の七つの……

「もっとまわれ、まわれえ」
ライオンが、うなりました。

いきはよいよい　かはこわいこわ……

「もっとだ、もっとだ。ああん、目がまわ……」

ここはどのこの……

「るう……」

いきはよいよ……

「でん!」

ライオンと、トラと、ヒョウは、あんまりおんなじ方にばかり、まわったので、目をまわして、ひっくりかえってしまいました。

モモちゃんとコウちゃんは、とっくにはじきとばされて、ケヤキの木のてっぺんにのっかっていました。そのとき、

ウウウー、ウウウー。

サイレンが、きこえてきました。

「あっ、パトカーだ」

まっ白なパトカーが、サイレンを鳴らしながら、原っぱへ、走りこんできました。そのあとからトラックが、ブブーッときて、中からとびおりたのは「あかちゃんのうち」の先生でした!

先生は、大きな網で、ライオンと、ヒョウと、トラをしゃくって、トラックの上のおりに、いれてしまいました。

それから、モモちゃんとコウちゃんをだっこして、いいました。

「さあ、おやつの時間ですよ」

「ジャムパン百こは？」

コウちゃんが、ねぼけ声をだしました。

「ぼく、ライオンのジャムパン、たべちゃうんだい」

先生は、くすくす笑って、タオルで、汗をふいてくれました。

「モモちゃんも、コウちゃんも、机の下でねんねしちゃったのよ。先生が、ベッドへだっこしてきたの、しらなかった？」

「ちがうもん。どうぶつえんにいったんだもん」

モモちゃんは、目をこすって、いいました。

「そうだもん」

コウちゃんも、目をこすって、いいました。

「ね！」

# 風の中の　モモちゃん

冷たい風が、ピュー、ビュルルルとふいていました。夕日が赤いのに、ちっともあたたかくなくて、木の葉が、カラカラとまわりながら、ふきとばされていきます。

モモちゃんのママは、オーバーの襟をたてて、急いでいました。今日はすっかり、おむかえに行くのが、遅くなったけど、モモちゃん、どうしたかしら。

三つになったモモちゃんは、「あかちゃんのうち」を卒業しました。そして、きのうからおんなじお庭の中にたっている、保育園の、ひよこ組になったのです。

「ストーブのそばで、絵本をみているかしら。積み木をしているかしら。新しい、先生にだだこねてないかしら」

はやく、はやく行かなくちゃ。ママは急ぎ足で、門をくぐりました。そして、びっくりして、立ちどまりました。

「まあ、モモちゃん……」

モモちゃんは、たったひとりで遊んでいました。くるくるまわる、落ち葉の中にしゃがんで、お団子をこしらえているのです。

「モモちゃん！　どうしたの。寒くないの。お部屋の中に、どうしていないの」

モモちゃんは、びっくりしたように、ママをみあげました。

ほっぺたが、真っ赤です。

「ママ、おだんごつくったよ」

「あらあら、泥んこの手をして、寒くないの、モモちゃんは」

「さむくないよ。モモちゃん、もうあかちゃんじゃないもん。ひよこぐみだもん！」

そこへ、先生が、走ってきました。

「まあ、モモちゃんのおかあさん、すみません。『保育園』のストーブが、夕方から、つまってしまいましてね。燃えないんですの。それで、『あかちゃんのうち』で、まっていましょうね、って、モモちゃんにいったんですよ。そうしたら、もうあかちゃんじゃないもん。ひよこ組だもん、いや！　って、どうしても、『あかちゃんのうち』へはいらないんですよ。この寒いのに……」

先生は、困ったように、いいました。

「そうだもん。モモちゃん、あかちゃんじゃないもん！」

モモちゃんはいきなり、風の中へかけだしました。真っ赤なほっぺたを、風にぶっつけるように、

「うわーい、うわーい」

ぶらんこのまわりを、ぐるっとまわり、ジャングルジムのまわりを、ぐるっとまわり、門の外へ、かけだしました。

「うわあい、モモちゃん、大きいんだもん！」

大きいんだもん！　大きいんだもん！　北風さんも、耳のところでさけんでいます。

「うわーい、うわーい」

モモちゃんは、ピュールルルルとふいている、風の中を、どこまでも、どこまでも走って行きました。

モモちゃん、怒る

■みなさんは「ちいさいモモちゃん」のお話をしっていますか。モモちゃんが生まれてから、三つ半になるまでのことを書いたお話です。もちろん、真っ黒くろけのプーというネコもでてきます。

この本は三つ半をすぎたモモちゃんが、もうじき、学校へ行くまでのことが書いてあります。それからプーとジャムのことなんかも。え？ ジャムって、ジャムパンじゃありませんよ。まあ、読んでみてください。

# モモちゃんとプー

# 押し入れにいれられたモモちゃん

モモちゃんのうちには、おうちの外側にも、階段がついていました。二階まで続いている、鉄の階段です。そういう階段がついていると、おうちはなんだか、かっこよくみえました。それに、火事になったとき、そこから逃げだせます。ママ、ご自慢の階段でした。

ある日のことでした。モモちゃんは、自分の、ちいさな木の椅子をかかえ、その階段を、よっちら、よっちら、のぼりました。てっぺんの広いところに椅子をおくと、プーを呼びました。

「プーや、プーや、ちょっとおいでよ」

ニャーン。プーはすぐどこからか走ってきて、パタパタ、階段をのぼってきました。

「あのねえ、ちょっとここに、いすんとこに、おすわりしてください」

「？」

「はい、エプロンをしますう」

モモちゃんは、プーの首に、白いハンカチを巻きつけました。

「あ、わかった、レストランだもんね。なにかおいしいものが、でるんだもんね」

プーはよろこんで、いいました。ところがちがったんですね。

「モモちゃんはね、とこやさんなのよ。プーは、おきゃくさまなの。おりこうにしているの」

モモちゃんはいばってそういうと、いきなり、プーに霧吹きの水をシュッ、シュッ、とふきかけました。

「あい、あらいますう、ごしごしごし」

ニャーウ、アーウ、ぼく床屋さんいや、きらいだよう。プーははねあがると、ハンカチをぶらさげたまま、階段をかけおりました。

「ああん、プー、いっちゃだめよう、とこやさんごっこ、できなくなるよう」

モモちゃんは、階段の上で、足ぶみして怒りました。ところがプーはでてきません。そのかわりにママが、怖い顔をして、玄関のドアからでてきました。

「モモちゃん！　そこで遊んではいけませんって、前からいっているでしょう。おりなさい」

「わかったよう」

モモちゃんは、口をとんがらかしていうと、椅子をまた、もちあげました。でもすぐわかったのですが、椅子をもって階段をおりるのは、とても怖いのです。そこでモモちゃんは、椅子を下へほうりなげました。

ガラガラピチャン、ドシーン。

椅子は階段に、百ぺんぐらい頭をぶっつけながら、ころげおち、背中をポキンと折って、横っちょにたおれました。

「モモちゃん！　なにをするんですか！」

ママはかんかんに怒って、階段をかけあがり、モモちゃんのおしりをペンペンとたたくと、押し入れにいれてしまいました。

わあん、わあん、わあん。

モモちゃんは押し入れの中で、わんわん泣きました。

「ごめんなさい、もうしません、ママァー」

でもママはほんとうに怒っちゃったのか、なんにもいいません。

「プーよう、プーよう、プー」

プーを呼んだけど、プーはきてくれません。いじわるプー。

ああん、あんあんあん。

モモちゃんは、おうおう泣きつづけました。泣いて泣いて、泣きくたびれて、目をこすったときです。モモちゃんはあれっと思いました。だって、真っ暗な押し入れの奥に、ちいさなあかりがちらちらと光っているのです。

おまけにそのあかりは、ゆれながら、モモちゃんのほうへやってくるではありませんか……。

モモちゃんは目をみはって、じっとあかりをみていました。近づいてきたのは、ひどくちいさなネズミでした。ろうそくをもって、泣きながら、モモちゃんの横を通っていきます。そのあとから、大きなネズミが四ひき、黒いビロードをかけたお棺《かん》をかついでいます。ビロードには、銀のぬいとりがしてありました。

「どうしたの、ネズミちゃん」

モモちゃんは、泣くのもわすれてききました。

「王さまが、おかくれになりました」

さいごに、よちよちと歩いてきた、おじいさんのネズミが、そう答えました。そして、そのまま、行列は行ってしまいました。

「王さま、かくれんぼしているの？」

モモちゃんはききました。でも、だれも返事をしません。あたりはしんとしていました。ふいに、にぎやかな音楽がはじまりました。それといっしょに、ちいさなあかりが、百ぐらい、ぱっとつき、流れるようにモモちゃんをとりまきました。あたりはだんだん明るく、まぶしく、ばら色になって、気がついてみると、モモちゃんはネズミくらいにちいさくなって、御殿の大広間に立っていました。まわりじゅう、赤や、青や、黄色の、ろうそくをもったネズミたちでいっぱいです。

その中をまっすぐに、ネズミの王子さまが、モモちゃんの前にすすんできました。

「モモちゃん、ぼくをおぼえていますか？　モモちゃんがあかちゃんだったとき、モモちゃんといっしょにあそんでいた、白いネズミのチュッチュです。どうぞ、ぼくのおよめさんになってください」

チュッチュ王子はいいました。モモちゃんはびっくりして、首をふりました。

「いやよ、ネズミのおよめはいやよ」

すると、まわりじゅうのネズミたちが、キーキーさけび、ろうそくの火は、ぺかぺかゆれました。その中から、おばあさんネズミが、杖をふりふりでてきました。

「そういうことに、ずっと前から、決まっているんだよ」

おばあさんネズミは、いいました。

「ごらん、およめの着物は、そりゃ白くてきれいだから」

あっというまに、モモちゃんは、まっ白な毛皮をきせられました。するとモモちゃんは、それはかわいらしい、はつかネズミのお姫さまになってしまいました。

また音楽がなりだして、王子さまはモモちゃんの手をとって、静かに歩きだしました。きらきら光るシャンデリアの下に、真っ赤なじゅうたんがしかれ、宝石をちりばめた椅子が一つ、おいてありました。ところがその隣においてある椅子は……びっくりしたことに、さっきモモちゃんがほうりなげてこわした、木の椅子でした。

「こんないす、いやよ」

モモちゃんは、だだをこねました。

「でもそれは、お姫さまがおよめにおいでになるとき、もってきた椅子ですよ」

またさっきの、おばあさんネズミがでてきて、怖い顔でいいました。すると、王子さまが、きっぱりといいました。

「このいすはすてちゃえ。ネズミの国へおよめにきたんだから、もっときれいな、ネズミのいすをだしなさい」

それをきいたモモちゃんは、わっと泣きだしました。

「いやよう、そのいす、すてちゃだめ。モモちゃんのいすよう。あかちゃんのときから、おすわりしていたいすよう。ああんあんあん、モモちゃん、ネズミはいやよう、おうちへかえるのよう」

「おネズになるのがいやなら、なぜ椅子をほうりなげましたか」

おばあさんネズミが、ママみたいな声をだしました。

そのとき、ニャーン、アーウ、と鳴きながら、いさましくプーがとびこんできました。

「ネコだあ」

ネズミたちは、あっというまに、どろどろと逃げだし、御殿のあかりはぺかっと消えて、あたりは真っ暗闇になりました。

気がつくと、押し入れの中で寝ていたモモちゃんは、プーにぺろぺろ、ほっぺたをなめられていました。

その晩、ママは、モモちゃんがパパにそっと、こんなことをいっているのをききました。

――よそのモモちゃんがね、ママにしかられて、押し入れにいれられたのよ。ああん、ああんって、泣いたのよ。――

# 影をなめられたモモちゃん

それは、まったくすてきな朝でした。

空は矢車草《やぐるまそう》のように青く、雲なんてよけいなものは、ひとつもありませんでした。ただ、お日さまだけが、ぴかぴか、まぶしく光っていました。

地面はしっとりとして、ああ、いい気持ち、といっているようでした。

モモちゃんは、ばらの花に水をやっていました。顔くらいある大きなじょうろを、両手でもちあげて、よいしょ、ってさかさにするのです。すると水はこまかいしぶきになって、虹の輪を作りながら、ばらの花へパチパチあたりました。

モモちゃんはもううれしくて、はじけそうに笑いました。あんまりうれしくて、真っ黒くろけの、黒ネコのプーにまで水をかけるものですから、プーは、

「いいよ、ぼく、ママんとこへいくから。ママはね、めだまやきをつくっているん

だもん。ああいいな、いいな」

といいながら、ママのところへ、ニャーンといって走って行きました。

ママは、台所で、おねぼうのパパのために、目玉焼きを作っていました。

「パパのよ、プーのじゃないのよ」

ママがいいました。

「しってるよ。でも、パパって、とてもしんせつなひとなんだもん」

プーはそういうと、新聞を読んでいるパパのそばに、おとなしくすわりました。

そうしたらパパが、新聞から目をはなしていいました。

「プー、モモちゃんはなにしている？」

「ばらの花にね、じょうろでお水かけてるの」

「目玉焼き、いらないのかな？」

「そうらしい」

「めずらしいんだね、モモちゃんが目玉焼きをほしがらないなんて。プー、ちょっと行ってみておいでよ」

「はあい」

プーはしかたがないので、またお庭のほうへ、のそのそでて行きました。プーとしては、たったひとりで、パパの朝ごはんの横に、ゆっくりすわっていたかったんです。だってモモちゃんがくると、目玉焼きがへりそうなんですもの。でもまあ、仕方がありません。プーはお庭にでて、首をのばし、モモちゃんをさがしました。それから、あれえ、とへんな声をだし、首をふりながら、パパのところへ帰ってきました。

「ねえ、パパ、春って、きもちがいいんだねえ」

「なにいってるんだ？　プーは」

「だって、モモちゃんたら、おにわにねてるんだもん。きをつけして空みてるんだもん」

「なんだって」

パパは立ちあがりました。

「え？　どうしたの、モモちゃんが寝てるって？」

ママが、目玉焼きのはいったお皿をもって、でてきました。そして、庭をのぞくと、

「まあ、ほんとだわ、春なのねえ。あんまりいい気持ちで、ねむく……」

ママはそこまでうららかな声でいい、とびあがりました。モモちゃんのそばにとんでいったパパが、

「この子は具合が悪いんだ！」

とどなったからでした。

モモちゃんは、ばらの花から少しはなれたあじさいの下に、あおむけになって、寝ていました。ちいさな靴が、きちんとぬいでありました。じょうろが、ころがっていました。

「モモちゃん！」

パパは、モモちゃんをだきあげました。

「モモちゃん、しっかりして！」

ママも、さけびました。するとそのとき、プーが、さあっと毛をさかだてていったのです。

「パパ！　ママ！　モモちゃんのかげがないよう」

「え、なんですって？」

「パパのかげもあるし、ママのかげもあるけど、モモちゃんのかげが……」

黒々と、しめった土に、それよりももっと黒く、パパとママの影が、くっきりとおちていました。けれども、だきあげた手はうつっているのに、だきあげられたモモちゃんの影はありません。

あたりは急に、水の底のように冷たくなりました。パパとママは、凍りついたように、じっと影をみつめ、そんなはずはない、というように、空をみあげ、みあげしました。空はやっぱり矢車草のように青く、さんさんと、日の光は、ふりそそいでいたのです……。

「医者だ！」

パパは、モモちゃんをかつぎこむと、電話にとびつきました。

カシャッ、カシャッ、ジジジー、カシャッ、カシャッ、もしもし、もしもしっ……。

ママは、膝がかくがくして、そのまま庭に立っていました。なんだか、自分もたおれてしまいそうでした。すると、細い声で、ばらが、ささやくようにいいました。

「モモちゃんは、影をなめられたんです。今日の空、青いでしょう。みているうちに、すいこまれるようで、しまいに、光って黒くみえてきました。そしたら、いつのまにか、ウシオニが、そこに、立っていたんです……」

「ウシオニですって？」

「顔が牛で、体が鬼なんです……、影法師みたいに黒くって。それがいつのまにか、立っていて、モモちゃんの影をとったんです。そしたら、モモちゃん、くたびれたように、寝てしまいました」

「そのウシオニ、どこへ行ったの！」

ママはさけびました。

「野原のほうへ、黒い風のように、かけていきました」

ばらがそういったとき、パパの声がしました。

「ちくしょう、日曜日で、どこも医者は休みだ。ママ！　なにしているんだ、きてくれよ」

けれど、もうママはかけだしていましたので、のぞきにきたプーは、泣きそうになって、いいました。

「パパ、ママはいませんよう。どこかへいってしまいましたよう」

ママはどんどん走って行きました。野原までくると、きたない犬が寝そべっていました。

「のら犬さん、怖いものが、ここを通らなかった？」

ママはいいました。すると犬は、横をむきました。

「ああ、通ったね。通ったけども、おしえてやらないよ、ぼくはね、のら犬じゃないからね」

「ごめんなさい。ほんとうに失礼したわ。おねがい、おしえてちょうだい、それはだれ、どっちへ行った？」

「その目玉焼きをくれたら、おしえてやってもいいね」

いわれてみて、ママはびっくりしました。手には、目玉焼きや、ハムののっかったお皿を、ちゃんともっていたからです。

犬は目玉焼きをのみこむと、ため息をついていいました。

「ああおいしかった。それじゃおしえてやるよ。牛みたいな、鬼みたいな、影法師みたいなやつが、なにかふりまわしながら……」

「それです、どっちへ行った？」

「森のほうへ、黒い風みたいに、かけて行ったよ」

のら犬はいいおわると、ごろんとまた寝そべってしまいました。

ママは、森の中へかけこみました。走って走って、胸がはりさけそうになったとき、道が二つにわかれているところへでました。

「ああ、困ったわ、どっちへ行けばいいのかしら」

ママは、はあはあいいながら、あちらの道をながめ、こちらの道をながめました。すると、ガサガサと音がして、ひどく年をとったおばあさんヤギが、草のあいだから顔をだしました。

「おや、どこへ行くのさ、スリッパでさ」

気がつくとママは、赤いスリッパをはいたままでした。なにしろお台所から、とびだしたままだったのです。

「ヤギさん、おしえてちょうだい。牛みたいな、鬼みたいな、影法師みたいなものが、ここを通らなかった？」

「ああ、ウシオニだろ、通ったよ」

おばあさんヤギはいいました。

「どっちの道を行ったかしら？　おしえてちょうだい」

「ウシオニをおいかけるって？　やめたほうがいいよ。影をなめられたら、三日のうちに死んでしまうよ」

「うちの子が影をとられたんです！　おしえてください。どっちのほうへ行ったのか……」

「おしえてやるともさ。だけどそのまえに、そのお皿にのっかっているキャベツをおくれ。塩があるね、エプロンのポケットにさ、それをふりかけておくれ」

ママがおどろいて、ポケットへ手をやると、塩のびんがちゃんとありました。おばあさんヤギは、塩をふりかけたキャベツを、もぐもぐたべました。

「ああ、久しぶりだよ、キャベツは。さてとね、ウシオニは山のほうへ行ったよ、メエー」

ママは細い山道を走って行きました。そのうちにスリッパは、どこかへとんでしまいました。ママは裸足《はだし》のまま、走って、走って、胸がはりさけそうになったとき、また道が三つにわかれているところへでました。

「ああ、どうしよう、こんどは三つにわかれているわ。どの道を行ったらいいのかしら」

ママはいいました。でも、あたりはしんとしています。ただ、木の葉がざわざわと風にゆれているばかりでした。

「だれかおしえてちょうだい、ウシオニのいるところはどこ?」

ママは、涙声でいいました。すると、木の上でバサバサと音がしました。

「おしえてやってもいいが、なにかお礼にくれるかね?」

ママが上をみあげると、それはフクロウでした。

「あげますとも。このお皿のハムを、お礼にあげますから、おしえてください」

ママはさけびました。

「ふむ、それではわしのところまで、そのハムとやらをはこんでくれ。わしは昼間は動けんのでな」

そこでママは、おちないように気をつけながら、やっと木をよじのぼり、フクロウの前にお皿をさしだしました。フクロウは、するどいくちばしで、ハムをひとくちにのみこむといいました。

「では、からっぽになったお皿をころがしてみなされ、ころがるほうへついていくんじゃ」

「ありがと、フクロウさん」

ママは木からすべりおりると、お皿をころがしました。いちばん右の道へころがすと、お皿は、ぱたん、とたおれました。

つぎに、真ん中の道をころがしました。お皿はまた、ぱたん、とたおれました。

ママは最後に、左の道へお皿をころがしました。するとお皿は、どこまでもどこまでもころげていきました。ママはそのあとを、どんどん、どんどん、走って行きました。

お皿は、どんどん、どんどんころがって、だんだんはやくなり、とうとう深い谷川へ、ボッチャーンとおっこちてしまいました。

ママは立ちどまって、じっと谷川をみつめました。すると谷川のそこから、ブクブク、ブクブク、泡が百も、二百も、千も、ふきあがってきました。

そうして、いっとう最後に、ザバザバッと水しぶきをあげて、ウシオニがあらわれました。

その目玉は、燃えている石炭のよう、二つの角《つの》は木の根っこのよう。

「ひとの頭の上に、お皿をおっことしたのは、だれだあ」

とうなりました。

「わたしよ」

ママはこたえました。

「なんのためだね？」

「あなたに用事があるからです」

ウシオニは、首を曲げて、ママをみました。

「用事って、なんだね？」

「モモちゃんの影をとったでしょう、かえしなさい」

「あれか、あれならついさっき、たべちゃったわい」

「たべちゃったって……それじゃ、ここへちょっときなさい」

ママは、怖い声でいいました。

「なんでだね」

ウシオニはぶつぶついいながら、川からあがってきました。

「いばっとるな、なんでそう、いばるんだ？」

「わたしは、ママだからよ」

ママはそういうなり、ウシオニのおしりを、ペンペンペンと、いやというほどたたきました。ウシオニはびっくりして、おしりをかかえ、うおうんと泣きだしました。

「なんでたたくんだよう、痛いじゃないか、うわあん」

ウシオニが足をばたつかせ、かまどのような口をあけ、うおうん、うおうん、と泣くものですから、とうとうモモちゃんの影が、ぴょん、と口からとびだしました。そのとたんに、ウシオニの体は、シューッとつぼんでしまいました。

「ほんとに悪いウシオニよ、影をなめるなんて」

ママは川の水で、モモちゃんの影を、ジャブジャブと洗いながらいいました。すると、ウシオニは、しょんぼりとしていいました。

「だって、わしらのたべものは、影ときまっているんじゃあ」

「あなたはだいたい牛でしょう、牛というものは草食性なんですよ」

「ソウショクセイ、だって？」

「そうですとも。ほらごらんなさい、川っぷちに草がいっぱいはえているじゃないの。青々《あおあお》として、とてもおいしそうじゃないの」

「ふうん、これがねえ」

ウシオニは、首をかしげました。

「そうだわ、お塩をあげるから、これをふりかけてたべてごらんなさい。おいしいわよ」

ママはポケットから、さっきの塩のびんをとりだすと、ウシオニにやり、走って帰りました。

帰ると、パパが、

「どこへ行ってたんだあ」

とどなりました。

「お医者さまを、九十九人も呼んだけど、モモちゃんの病気はわからない。それなのにきみは、どこへ、なにしに行ってたんだっ」

「ごめん、怒らないで」

ママはいいました。

「モモちゃんの影を、とりかえしてきたのよ」

ママは、目をつぶっているモモちゃんの足に、影をはりつけました。

ところがくっつきません。のりでつけてみました。セメダインでつけてみました。それでもつきません。ママは泣きだしました。

「ああ、どうしよう、どうしよう」

「ばかだな、のりでなんか、くっつくか」

パパは、モモちゃんのかげを、ぺろっとなめて、足に、ぺんぺんとはりつけました。影はぴたっとモモちゃんにくっつき、モモちゃんは、ぱっちりと目をあけました。

そして、いいました。

「ママ、おなか、すいた」

「そうだ」

パパも、とびあがっていいました。

「ぼく、朝ごはん、まだだぞ」

そこで、目玉焼きをこしらえて、みんなでおなかいっぱい、たべました。プーも、もちろん、もらいました。

ウシオニもそのころ、青々した草に、塩をふりかけて、もぐもぐ、たべていました。

「ああうまい、もう影なんて、たべないぞう」

ウシオニは、そういいましたとさ。

# 虫さん　こんにちは

モモちゃんが、コウちゃんちに行って、

「コウちゃん、あそびましょ」

って、大きな声でいいました。そうしたら、どうもへんなんです。

「うわあん、わんわんわん」

という、ものすごい泣き声が、きこえるんです。

「あ、コウちゃんがないてる」

モモちゃんが、お庭のほうへまわってのぞいてみると、やっぱりコウちゃんが泣いていました。まるでバケツをひっくりかえしたみたいに、わあわあ、泣いているんです。

そばにコウちゃんのママがいて、怒った顔をしていました。コウちゃんは、

「かゆくなるう、ママのおこるこえきくと、からだがかゆくなるう」

といって、バタバタあばれています。

「どうして、ビスケットをお庭にすてたの、いってごらんなさい！」

コウちゃんのママは、まだ怒っています。よくみると、お庭にはおやつのビスケットが、いっぱいころがっていました。コウちゃん、怒ってほうりなげたんだな、って、モモちゃんは思いました。

「おや？　モモちゃん、いらっしゃい」

コウちゃんのママが、モモちゃんに気がついていいました。

「さ、コウちゃん、モモちゃんですよ」

それでもコウちゃんは、ああああん、ああああんと泣いていましたが、そのうちにそれが、くしゅんくしゅんになって、すんすんになって、それから、モモちゃんをみて、少し笑いました。

「あ、ありんこだ」

モモちゃんがいいました。

コウちゃんの投げちらかしたビスケットを、ありんこが、

エッサ　ホイサ
エッサ　ホイサ
って、みんなでひっぱっているんです。

「あ、ほんとだ」

コウちゃんも、庭へおりてきました。

「おうちへ、ひっぱっていくんだもんね、みんなでたべるんだもんね」

「そうだよ」

コウちゃんはそういうと、口をとがらせました。

「むしってさ、いつもおにわにいるだろ」

「ん、そうよ」

「そいでさ、とってもちっちゃい目をしているだろ」

「そうよ」

「そいでさ、やっとおうちへあがるとこみつけて、あがってきたんだ」

「だれが？」

「むしがさ、このくらいのほそながいやつなの。そいでね、ぼくのおやつのおさらのところまで、のびたり、ちぢんだりしてねえ、いっしょうけんめいやってきたんだ」

「ふうん」

「こんにちは、あそぼ、ってぼくにいったの」

「ふうん」

「それなのにママったら、いきなりきて、おおいやだ、しゃくとりむしよ！　っていってさ、かみでぎゅっとつまんで、おにわになげちゃったの」

「そう！」

モモちゃんは、目をまるくしました。そうかあ、それでコウちゃん、泣いちゃったんだ……。

「こんにちは、あそぼ、ってきて、ぼくも、あそぼ、っていってたのに。そしていつもは、ごみはくずかごです、っていうのに、へいきでおにわへすてるんだ」

「そいで、からだ、かゆくなったの」

「うん」

「あたしも、ママがおこると、からだかゆくなるの、むずむずすんの」

モモちゃんもいいました。

「そいで、むしちゃん、どうしたの」

「きっと、つぶされちゃったよう」

「さがそうよ」

モモちゃんは、元気よくいいました。

ふたりはお庭へおりて、ぐるぐる、歩きました。

「むしちゃん、どこへいったの、へんじしなさあい」

紙くず、軽いから、とばされたのかな、風に。

「こら、さっきのむしちゃん、どこだ、へんじしろ！」

コウちゃんは、棒でそこらを、たたきました。

「あっ、あった！」

つゆくさの根元に、紙がおちていました。とびついて、あけてみました。もじもじ動いています。

「いきてるよ！」

コウちゃんはよろこんで、つゆくさにとまらせました。虫ちゃんは、えっさ、えっさって、体をのばしたり、ちぢめたりして、つゆくさをのぼっていきました。

「コウヤッテ、ツユクサノナガサ、ハカルンダ」

虫ちゃんはいいました。

「ダカラネ、シャクトリムシッテ、イウンダヨ」

エッサ、エッサ。

とうとうおしまいに、花のかげからのぞいて、しゃくとり虫はもういっぺん、いいました。

「コンド、キミノセイ、ハカッテヤルネ、ソッチノコモネ」

「うん!」

コウちゃんはいいました。モモちゃんは、

「やだあ」

っていいました。でもうれしくて、ふたりともにこっとしました。

しゃくとり虫、生きてて、よかった、よかった。

## へんな手紙がきて　そして……

モモちゃんも、とってもとっても大きくなって、四つと少しになりました。

ある土曜日の、夕方のことです。モモちゃんのうちのポストに、へんな手紙がはいっていました。

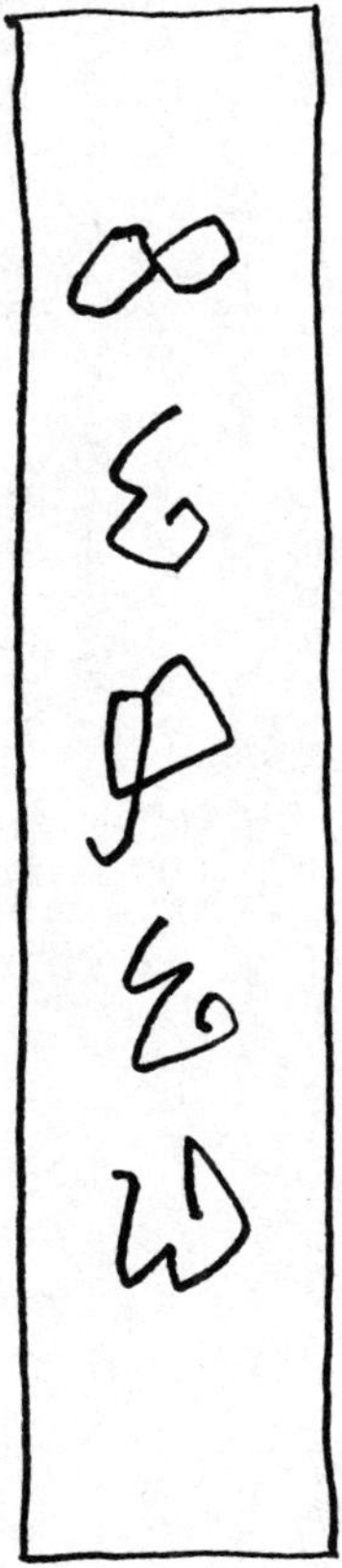

こう書いてあるのです。切手は、はってありません。ママはびっくりして、パパのところへとんできました。

「これ、なんでしょうね? 気味が悪いわ、まさか……」

「まさか、なんだい?」

「脅迫状とか、そういうんじゃないでしょうね?」

「まさかあ、君、テレビのみすぎだぞ」

パパはそういいながらうけとって、やっぱり首をひねりました。

「ね? へんでしょう?」

プーはさっきから、その手紙がみたくて、しっぽを立ててニャーニャー鳴きながら、ママのまわりをくるくるまわっていました。

「みせてよう、きょうはくじょうっていうの、みせてよう」

「まあプーったら、へんなことというんじゃありません。べつに、脅迫状ってきまったわけじゃないんですからね」

ママがプーを叱りました。パパは首をまたひねっていいました。

「封筒はどこにでもある安物だ。字は……字というならだ。サインペンで書いてある。エジプトの、象形文字に似ているといえよう」

ママは感心して、こっくりしました。ところがです。そこへモモちゃんが、

「おなかすいたあ」

といいながらはいってくるなり、

「あっ、コウちゃんからおてがみだ」

といって、とびあがりました。そして、あっというまにパパから封筒をとると、中をあけました。そこにはまた、へんな字がならんでいる、色がみがはいっていました。

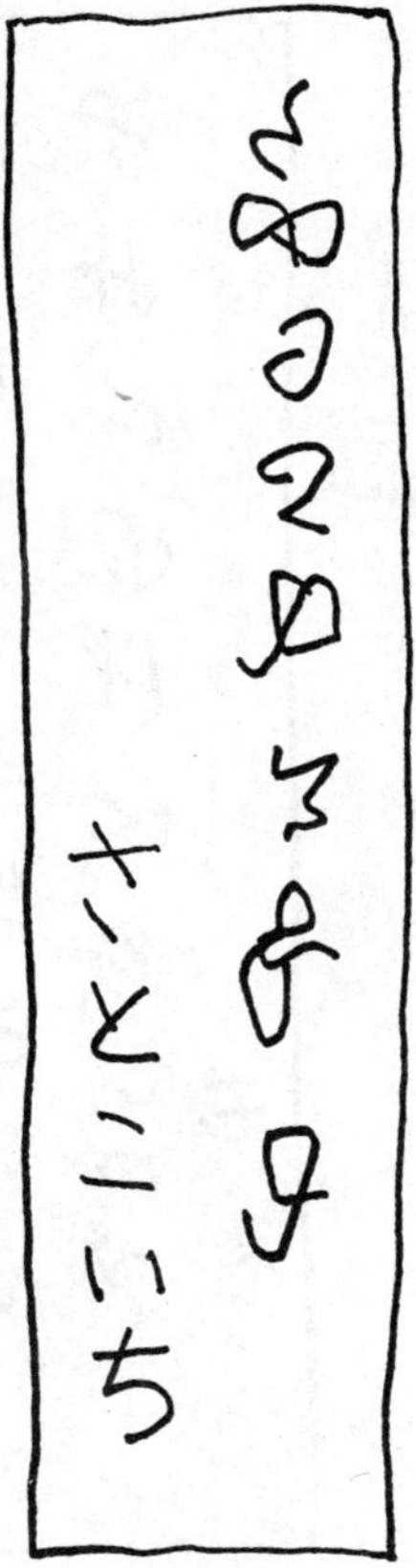

「なあんだ、コウちゃんからの手紙なの」

ママは、脅迫状ではなかったので、がっかりしたようにいいました。

「それで、いったいなんて書いてあるんだね？」

パパがいいました。

「これ？　これはねえ、あしたあそぼうね、ってかいてあるの。モモちゃんも、おてがみかいたんだ」

モモちゃんは、机のところから、色がみをとってきました。そこには、コウちゃんのに負けずおとらず、へんてこな字？がならんでいました。

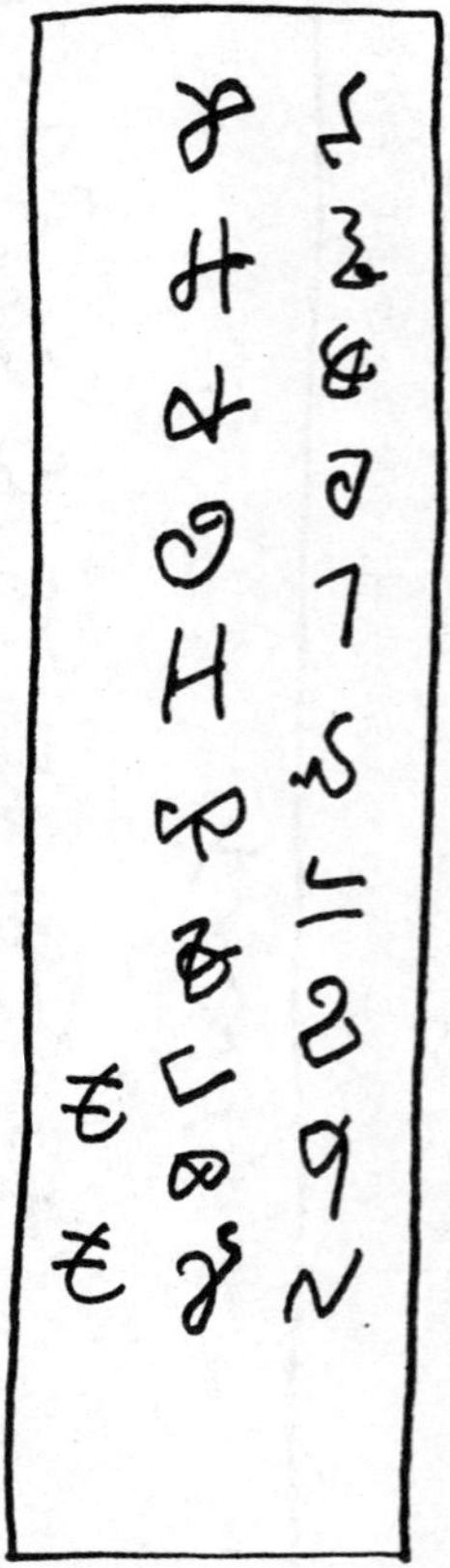

「へええ、これにはなんて書いてあるの？」

「うちであそびましょう。おかしとりんごがあり……あれ、たりないや」

モモちゃんは、クレヨンで、へんな字を三つ書きました。

「これでいいんだ。おかしとりんごがありますよ」

モモちゃんは、手紙を大切にたたむと、

「いってきます」

といいました。

「どこへ行くの？」

「コウちゃんとこへ、てがみもってくの」

「だって、明日の日曜日はね、おばあさんのおうちへ行こうと思ってたのよ」

「モモちゃん、いかない」

「えっ、行かないの？」

「うん、おるすばんしてる。コウちゃんくるんだもん。あっ、そうだ、りんごをれいぞうこにいれとくんだ。これ、たべちゃだめよ」

モモちゃんは、りんごを冷蔵庫にしまうと、さっさとでて行きました。ママとパパは、へえ、とため息をついて、

「どうなっちゃってるの」

といいました。

さて、日曜日になると、パパとママはでかけていきました。そのかわりにコウちゃんがちゃんとやってきました。ふたりはまず、ボーリングをやりました。おもちゃのボーリングです。プーはボールにじゃれて、うんと叱られました。

「そうだ、ぼくたち、りょうしになってさ、プーをやっつけよう」

コウちゃんがいいました。

「うん、やろう、やろう」

モモちゃんははねました。それから、

「あのね、りょうしって、なんだっけ」

って、いかにもしってるんだけど、ちょっと忘れちゃったというふうに、ききました。

「だめだなあ、りょうしはねえ、てっぽうもっちゃねらえ、ねらえ、バキューン、だよ」

「ふうん」

「あのね、こういうの、ぼく、いなかのおばあちゃんにおそわったんだ」

コウちゃんは、歌いました。

おんちょろちょろ　あなのぞき
のぞいているのは　だれかいな
ネズミかな
フクロウかな

まえみろ　あとみろ
てっぽうもっちゃ
ねらえねらえ
バキューン

コウちゃんが、鉄砲を構えるまねして、バキューンといったので、モモちゃんはびっくりしてとびあがり、プーもはねあがって、ふすまのかげにかくれて、目をぱちくりさせました。

「うわあ、プーはフクロウみたい、フクロウみたいに、おっきな目をぱちくりさせてる」

コウちゃんが、よろこんでいいました。そして、ふたりはすっかりこの遊びが気にいって、

おんちょろちょろ　あなのぞき
のぞいているのは　だれかいな
ネズミかな……

と、遊びはじめました。

ところが、ちょうどそのとき、ひとりのどろぼうがやってきたんですね。昼間くるどろぼうですから空き巣ねらいという、どろぼうです。その空き巣ねらいどろぼうは、そろりそろりとやってきて、裏口から中をのぞきました。

「ははあ、わしのコンピューターによれば、みんなでかけて留守だわい。なにしろこの家は、いつも留守で、前々から、ねらえねらえと、コンピューターがいっとったんじゃあ」

空き巣ねらいどろぼうは、ひと足うちの中へあがると、台所の障子のネコ穴から、中をのぞきました。ネコ穴というのはプーがでいりしている穴のことです。すると、へんなどら声が遠くからきこえました。

おんちょろちょろ　あなのぞき
のぞいているのは　だれかいな

空き巣ねらいどろぼうは、とびあがりました。するとこんどは、かわいい女の子の声で、

ネズミかな
フクロウかな

というのがきこえました。

「なあんだ、子どもか」

空き巣ねらいどろぼうはほっとして、また障子のネコ穴へ顔をおしつけようとしました。するとそのとき、

てっぽうもっちゃ
ねらえ　ねらえ
バキューン

という声と一緒に、ドタドタドタドタとすごい音がして、真っ黒くろけな怪物が障子の穴からおどりだし、空き巣ねらいどろぼうに、ぎゃっとばかりにとびつきひっかいて、とんでいってしまいました。

「きゃあっ」

空き巣ねらいどろぼうは、ひっくりかえり、あわてて逃げだしました。そして、どろぼうコンピューターは、この事件をすぐ覚えこみましたから、空き巣ねらいどろぼうは、二度とこの家をねらおうなんて、思いませんでした。


その晩、モモちゃんは、あんまりコウちゃんと遊んだので、くたびれて、グーグー寝てしまいました。その枕元で、コウちゃんの手紙をみながら、パパはいいました。

「人間が、文字を作ったときの喜びが、わかるような気がするねえ」

「でも、脅迫状じゃなくて、がっかりだわ」

ママがいいました。

「あたりまえさ。脅迫状だの、どろぼうだのって事件は、おこりそうでおこらないものさ。平和な一日でしたよ。プーはいねむりをしているし……」

ほんとうにのんきなパパでした。ほんとうにのんきなママでした。

## プーも手紙を書いて　そして……

このごろプーは、なんだかおもしろくありませんでした。だって、モモちゃんたら、プーよりコウちゃんのほうが、大好きみたいなんです。

このあいだも、そうでした。テーブルの上に牛乳びんがのっていたので、プーは椅子にのっかって、

「ニャーン、ちょうだいよう、ニャーン」

とねだりました。そうしたら、モモちゃんがきて、牛乳びんを冷蔵庫の中へぱたんとしまって、こういうんです。

「コウちゃんがくるんだもん、しまっとくんだ」

プーは、もうがっかりして、

「いいですよ、ぼくにだって、ともだちがいるもん」

というと、しっぽをぱたっとふって、表にでて行きました。

あたたかな秋の日でした。きのうふった雨があがったので、空気はやわらかく、草や花のにおいを、原っぱから運んできました。プーはいかにも、そこにともだちがまっているんだ、という顔をして、原っぱへ歩いて行きました。

けれど、原っぱには、だれもいませんでした。あかまんまが赤い房をたらし、ところどころの水たまりには、青い空がくっきりとうつっていましたが、

「やあ、プー」

とか、

「まあ、プーさん」

とかいって、走ってくるともだちはいませんでした。

「ぼくは、あんまり、モモちゃんとばかり、なかよくしすぎたんだ。だからぼくひとりぼっちになったんだ」

プーはひどく悲しい気持ちになって、水たまりにうつった青い空を、じっとみていました。するととつぜん、プーの頭に、いい考えがうかびました。

「この水たまりのふちは、ぬれて、やわらかくなっているよ。ここに、すぐ、てがみをかこう。そうしたら、かわいいみけネコかなんかがきて、よんでくれるかもし

れない。そうしたら、みけもへんじをくれるかもしれない。そうしたら、ぼくひとりぼっちじゃないんだ」

プーはそう考えると、あんまりうれしくてニャアといいました。それから、前足で、水たまりのふちに、手紙を書きました。それは、ちいさくなった消しゴムで、いくつも判子をおしたような、へんてこな手紙になりました。こんなふうにです。

でもプーは、すっかり満足して、

「ぼく、おともだちがほしいんだ。プー」

と読みあげました。

「これでいいや、これをよんで、だれかきっとへんじをくれるよ」

プーはそういうと、お昼ごはんをたべに、うちへ帰りました。


プーがもういっぺん、原っぱへやってきたのはもう夕方ちかくでした。なぜもっとはやくこなかったかというと、プーはお昼ごはんのあと、昼寝をするのが、きまりだったからです。それともうひとつプーはこわかったんです。だって、プーがもういっぺん原っぱへ行ってみても、だれも、

「プー、まっていたのよ」

とも、

「やあ、プー」

ともいってくれなかったとしたら……そんなさびしいことはありません。そこでプーは、ぼくの手紙、だれか読んだかなあ、読まないかなあ、読んだかなあ、と百ぺんぐらいかんがえて、

「よまなくたっていいや、あれは字のけいこをしたんだもん」

と考えてでかけました。

水たまりのそばまできたとき、プーはぴたりと立ちどまりました。まぎれもなく、プーへの返事が、そこにあったからです。それは、プーの字よりも、もっとちいさな、消しゴムで……つまり、えんぴつのおしりについているような消しゴムで、つっついたようにみえる字でした。

「この字は、たちどまって、かんがえて、いったりきたりして、はしっていった字だ」

プーは、首をひねりながらいいました。

「おちついて、ゆっくりかいたてがみじゃないよ。わかった、これは、プー、はやくきて！　ってかいてあるんだ！」

プーは、興奮してさけびました。

「だれかが、ぼくにたすけをもとめているんだ、なにかがおこったんだ。これは大じけんかもしれないぞう」

プーは首をあげて、原っぱをみまわしました。うす青い夕ぐれが、原っぱの上にやさしくしのびよってきていました。原っぱは、そのために、なにかしら、秘密をかくしているようにみえました。

「まず、このてがみをかいたネコをさがしだすことだ」

プーは注意深く、原っぱをすすんでいきました。しばらく行くと、ミィー、ミィー、と、悲しそうな鳴き声がきこえてきました。

「だあれ？　ないているのはだれだい？」

プーは、草のあいだをのぞきこみました。白いちいさな子ネコが、大きな青い目をみはって、ぶるぶるふるえています。

「こわいよ、ミィー、ミィー」

ちいさいネコは、鳴きました。

「こわくなんかないよ、ぼくはプーっていうの、くろいけど気はいいんだ。でておいでよ」

プーは、いかにも大人らしくみえるようにいいました。すると、白いちいさなネコは、よちよちとでてきました。足も体も、ふくふくとまっ白で、背中のところが、おいしそうなあんず色です。まるで、ちょうど……ちょうどなにかのようでした。

「いったい、なにがこわいのさ？」

プーはききました。

「みんな、こわいの。くらいのも、かぜがふくのも……」

子ネコはふるえながらいいました。

「それからねえ、ちいさな、おばあさんがこわいの」

「え？　ちいさなおばあさん？」

「ちいさなおばあさんが、きのう、いったの。いまにみていてごらん。たべちゃうぞう——って、あっ、きた！」

子ネコは、目をみはって、ふるえあがりました。

プーはふりむきました。すると、ひとりのちいさなおばあさんが、籠をさげて、原っぱの細道をよちよちとつっきってくるのがみえました。

「あれ？　あのおばあさん、みたことあるよ」

プーは、首をかしげました。ええと、ええと、あれはたしか……プーが、考えているまに、おばあさんはもうそこまできていました。足がいたいらしく、少しかた足をひきずるように歩いてきたおばあさんは、立ちどまって、子ネコをとっくりとながめました。

「あれまあ、おまえは、まだジャムパンになっていないね」

子ネコは、ぶるぶるふるえながら、おばあさんをみあげて、あとずさりしました。

「ジャムパン？　あっ、そうかあ」

　プーはさけびました。さっきから、なにかに似てると思ったけど、この子ネコは、ジャムがのっかったパンにそっくりだったんだ。白いふくふくのパンに、あんずのジャムをとろりとのせたジャムパンです。プーは思わず、ぺろりと口のはたをなめました。

「ぼく、ジャムパンじゃ、ありませんよう」

　子ネコは、細い声でいうと、大きな目から、涙をぽとんとおとしました。

「そうかねえ。でも、自分じゃ、自分のことに気がつかないってこともあるんだよ」

「だって、ぼく、ネコだもん」

「そうだよ、ネコだよ、ニャーンってなけるもの」

　プーは助太刀《すけだち》しました。だけどおばあさんはいうのです。

「あれ、あたしだって、いえますよ、そのくらい、ニャーン、ほうれ、あんたよりうまいでしょうが」

「だってぼく、ネコだもん……」

「ネコじゃなくても、ニャーンて、いえるの！」

プーは、なんだか、きいているうちに、頭がおかしくなってきました。するとおばあさんは、どっこいしょ、とそこにころがっていた木に腰をおろし、話しはじめました。

「むかしむかし、といっても、きのうのきのうくらいむかしのことだけどねえ、うちにジャムパンがいたんだよ。なにしろ、あたしはパンが大好物でねえ、毎朝、食パンをこう厚く切ってね、それからみみをおとしてね、まっ白なふくふくのところに、あんずのジャムをたっぷりぬるんだよ。……ところが、ある朝のことさ、さてジャムパンをたべましょう、と思ったら、牛乳がまだじゃないか、それでわたしは、下駄をはいてね、裏口へ牛乳をとりに行ったのよ。そのすきなんだよ、ジャムパンが逃げだしたのは！」

おばあさんは、じろりと子ネコをながめ、子ネコはまた、ふるえあがりました。

プーは、勇気をふるっていいました。

「ぼく、しんじられないな」

「あたしはこの目でみたんだよ」

おばあさんはいいました。

「牛乳びんをもってくると、ばったり、ジャムパンにあったんだから！　そこであたしは、あれっ、おまえはあたしのジャムパンじゃないかい、ってきいたのさ。そうしたら、ジャムパンのやつ、ニャアってね、ネコのまねをして、にげだすじゃないか。あたしは、急いでめがねをとりにはいって、それからおいかけたんだよ、ジャムパンをさ！」

「つかまえたの？」

プーは、しんぱいそうにいいました。

「いいえさ、すこし行ったら、ゴーストップがあってね。ジャムパンですから、つかまえてくださいって、おまわりさんにいったのに、信号が変わってねえ、とうとうあたしは、ジャムパンに逃げられてしまったんだよ」

ちいさなおばあさんは、大きなため息をつきました。

「でも、ここでみつけたら百年め、さあはやく、もとのジャムパンにおなり、それまであたしゃ、ここでまってるからね」

「だって、ぼく、ネコですよう」

ジャムパンは、いや、子ネコは、悲しそうにいいました。

「こまったなあ」

プーもため息をつきました。だって、なんだかプーにも、子ネコがジャムパンにみえてきたのです。プーは子ネコの背中を、ちょっとなめてみました。

「ジャムのあじがする？」

子ネコは、おどおどといいました。

「ううん、お日さまのあじだ、ジャムのあじじゃないよ」

「ぼく、おなかがすいた」

ふいに子ネコは泣きだしました。

「ぼく、ジャムなら、ぼく、じぶんをたべたいよう」

すると、おばあさんは、とびあがりました。

「とんでもない。そんな勝手なまねはさせないよ」

「それじゃ、うちへおいでよ。モモちゃんやママたちにたのんで、うちの子にしてもらおうよ、牛乳だってきっとくれるよ」

プーがいいました。

「だめだめ、これはね、うちのネコ……いいえさ、うちのジャムパンなのよ」

「じゃあ、おばあちゃんちへつれてって、牛乳のませてくれる？」

プーはききました。

「こまったねえ、あたしはネコがきらいなんだよ」

「だってさ、おうちへつれてくでしょう、そして朝、目がさめたら、ジャムパンになってるかもしれないよ、おもしろいよ」

「あれ、それはそうだねえ」

おばあさんは、その考えに、ひどく感心したようでした。子ネコは、また、どっと涙をながしました。

「そうだ、それじゃ、あたしんちへおいで、この籠におはいり」

おばあさんは子ネコをつまみあげて、籠の中へおとしました。

「プーさんや、じゃあまたね、ちっとはモモちゃんと遊びにおいで」

そのとき、プーはあっと気がつきました。

「おばあちゃん！　おばあちゃんは、いつもけむりのでているおうちのおばあちゃんじゃない？」

「そうだよ、おいも屋のおばあちゃんだよ、とっくに、おいも屋はやめたけどねえ」

おばあさんは、籠をもって立ちあがりました。

「足はきかないし、ひとりでさびしくってねえ。でもいいよ、これからこのネコがジャムパンになるか、ならないか、毎日みているだけでも、日がくれるよ」

すっかり暗くなってしまった原っぱを、ちいさなおばあさんは、足をひきずるような歩き方で、遠ざかっていきました。

プーにジャムというともだちができたのは、このときからなのです。

# 歯のいたいモモちゃん

「ぼく、なんだかへんなんだけど」

プーがいいました。

「しっぽなめようとしたら、へんなんだけど」

「どうしたの？　プー、なにがへんなの」

ママがそういって、プーの顔をみましたら、あらあら、ほんとうに、プーの白いちっちゃな歯が一本、長くなっていました。

「へんねえ、こんなふうに、牙が長いのは鬼だけど、プーは鬼じゃないし……」

「そうですよう、ぼく、おにじゃありません。かわいいプーだよう」

プーは泣きそうになっていいました。

モモちゃんはびっくりして、どうしようという顔をしていました。

「ちょっとごめんね、プー」

ママはそういって、その歯をひっぱってみました。そうしたら、歯はびっくりしたことに、ぽろっととれてしまいました。

「まああ、ぬけたわ！」

ママはびっくりしたようにいいました。

「プーの歯がぬけたのよ、パパ、どうしたんでしょう」

「プーはおにいちゃんになったのさ、だからぬけかわるんだよ、きっと」

となりの部屋から、パパがいいました。

「まあ、おどろいた、ネコの歯もぬけかわるのね。じゃあね、プー、おまじないをしてあげるわ。ええと、これは上の歯でしょ、だから、ネズミの歯のようにつよくなれえっていって、空へ投げるのよ、たしかそうよ……」

ママは首をかしげ、ありがたいおまじないを思いだそうとしました。びっくりしたのはプーです。

「やだいやだい、ぼくの歯、ネズミみたいになるのは、やだい。ぼく、ネズミをやっつけるんだもん、それなのに、ネズミの歯なんていやだい、ニャーオ」

といって、怒りました。

「あ、そうか、じゃあね、こうしましょう」

プーの歯をもって、ママはとなえました。

つよい歯　はえろ
とらよりも　ライオンよりも
つよい歯になあれ
ポーン

ママはプーの歯を、空高く投げました。

「もう大丈夫よ、これで、つよい歯がまたはえるわ」

「へええ、歯がぬけたら、そうやるの。へええ、ぼく、はじめてみたよ」

プーはしっぽをパタンとふって、感心しました。それから、心配そうに、いいました。

「きっと、はえるよねえ……」

ところがです。それからすぐに、モモちゃんの歯がいたくなりました。

「歯が、いたいよう」

モモちゃんは、ほっぺたをおさえました。

「いたいよう、いたいよう」

「どれどれ、あーんしてごらんなさい」

ママがいいました。あーん、そうそう、みえました、みえました。むし歯です。

「すぐ、お医者さんに行きましょう」

それをきくとモモちゃんは、目をまるくして、それから、うええんと泣きだしました。

「やだあ、おちゅうしゃするもん、やだあ」

「そうかな、お注射はしないと思うけどな」

「でも、いつもするよ」

「それは、風邪をひいたときでしょ。今日は、歯のお医者さんだもの」

「ふうん」

「お薬つけるだけ、そうね、ちっと、ガーガーするかもしれない」

「ガーガーってなあに？」

「歯のところをガーガーってね、そこへお薬いれるの、そうして、むし歯の悪い小人をたいじしちゃうのよ」

「こびと?」

「そうよ、悪い小人がねえ、むし歯にすんでるの」

ママはモモちゃんを膝にのせて、お話をしてくれました。

むし歯の小人は、目にみえないくらい、ちいちゃなちいちゃな小人です。だれの口にもすんでいて、歯をかじりたがっているんです。

歯がすきだなんて、へんな小人ね。そうですとも、悪い小人よ。ちいさなトンカチをもっていて、歯をトントンってたたきます。でも丈夫ないい歯は、うんとかたくて、なかなかかけません。そうすると小人たちは、おなかがすいて、しょんぼりして、元気がなくなってしまうのです。

——ああああ、甘いお菓子を、たくさんたべてくれないかな。チョコレートとかさ、あめとかさ、キャラメルとかさ、そうして歯をみがかないで寝てくれれば、しめたもんだ。そういうものがくっついた歯は、やわらかになるからねえ、そこをトンカンたたいて、たべられるのに——。

小人はいつもそういうんです。

「ね、わかったでしょう。ほら、パンだって、白いパンより、ジャムパンとか、チヨコレートパンのほうがおいしいでしょう。

歯もね、ジャムつき歯とか、チョコレートつき歯というのは、うんとおいしいの。だからママは、いつも歯をみがいて、ぶくぶくして寝なさいっていうのよ。モモちゃんの歯もねえ、きっとジャムつき歯のときに悪い小人がたべたのよ、わかった？」

「ふうん」

モモちゃんは、ため息をつきました。

「それで、モモちゃんの歯ぁは は、いたくなったの？」

「そうなの、だから小人たいじしなくちゃ、ね？」

「うん！」

モモちゃんはこっくりしました。そして、ママのお膝からぴょんとたちあがると、

「いく、はいしゃさんにいくの」

といいました。

歯医者さんに行くと、モモちゃんはいばって、歯医者さんの椅子にすわりました。だってそうでしょ、小人たいじですもん、泣いたりなんてしません。

それにね、歯医者さんの椅子って、おもしろいんですよ、床屋さんの椅子みたい

で。もっといいのは、エレベーターみたいに、すうっと高くなったり、低くなったりするんです。モモちゃんは歯がいたかったけれど、にこにこしました。

それなのに、歯の先生ったらいうんです。

「ははあ、ちょっと薬をつけておきましょう」

そういって、薬をちょいちょいってつけて、

「はい、よろしい」

っていうんです。ママは心配そうにいいました。

「あのう、治療は」

「ちいさいですからな、泣くでしょう。どうせあばれてやらせませんよ、いたくなったらまたいらっしゃい」

モモちゃんはそれをきくと、いきなり椅子にしがみつきました。そして、いいました。

「なかないもん！ ガーガーってやって、わるいこびとをたいじするんだもん！ モモちゃん、なかないもん！」

それから少しして、ガーガーをやったモモちゃんは、ママと手をつないで歩いていました。

「ガーガー、きもちよかったよ」

モモちゃんはいばっていいました。

え？　プーの歯？　プーの歯はね、ちゃんとおんなじところに、真っ白なのがはえましたよ。プーは大いばりでした。

# クレヨン　ドドーン

ある日のことでした。

モモちゃんはコウちゃんと、絵をかいてあそんでいました。コウちゃんはしばらくすると、

「ぼく、みたいまんががあるんだ」

といって、テレビのスイッチをいれました。

そうしたらどうでしょう。テレビったら、戦争のことばかり、うつしているんです。ドドーンって大砲がなると、ちいさなうちなんてふっとんで、ものすごい煙があがります。火も燃えて、その燃え方だって、しゅうっと地面をはうように燃えるんです。

コウちゃんは、パチンとチャンネルをまわしました。やっぱり、戦争のです。パ

チンとまわしました。やっぱり戦争です。どうしてだか、なぜだか、どこも戦争のことばかり……。

モモちゃんはとうとう、怒りだしました。

「テレビちゃん、そんなにせんそうばかりしていると、ばかになっちゃうよ！　ちっとはご本よんでべんきょうしないと！」

でもテレビはきこえないのか、やっぱり、戦争のことばかりうつしていました。

「ぼく、せんそうすき、かっこいいもん、ババーン、ドカーン」

コウちゃんが、鉄砲をうつ真似をして、ばったりたおれました。そのとたんに、昼寝をしていたプーの頭をボカーンとぶったので、プーはびっくりしてとびあがり、目をぱちぱちさせました。

「いや、いやいやいや、せんそうはきらい」

モモちゃんがいいました。

「へっ、よわむしだな。それにあれ、うそっこだよ。ほんとうのせんそうじゃないの」

すると、ケケッ、ケケッ、というへんな声がしました。

「だあれ、へんなこえだしたのは？」

モモちゃんとコウちゃんは、顔をみあわせて、くるっとあたりをみまわしました。

それは、空色のインコでした。いつもは、チチチ、グジュピーチグジュピーチ、とかわいい声で鳴いているのに、へんなふうに口をまげて、へんな声でいうのです。

「テレビの戦争はね、うそっこのもありますけどね、いまうつっているのは、ほんとの戦争ですよ」

「うそ、うそですようだ」

コウちゃんがいいました。

「嘘じゃありません。わたしは新聞読んでいるんですから」

インコはつんとしていいました。

「ぼくだって、しんぶんよんでるよ」

プーが、やっと目がさめたようにいいました。

「ほらさ、きょうはさかなやのやすうりデーです、とかさ、赤いかみにかいてあるやつ、よんでるもん」

「あなたの読んでいるのは、広告です」

インコはまたつんとして、横をむきました。

「南のほうで、戦争がおこっているんです。鳥も、動物も、迷惑しているんです。なにしろ、人間というのは、ほんとにもう……」

インコはくちばしをぎゅっとかみしめて、羽をさかだてました。

「せんそう、モモちゃんちにもくる?」

モモちゃんは、心配そうにいいました。

「かもしれません」

「いや、うちへきたらいや。ねえ、どうしておとなたちはせんそうするの? せんそうなんてやめて、ご本よんだり、絵をかいたりすればいいのに、ぞうさんとか、お花とか、それから、およめさんとか、さ」

「ちぇっ、船かひこうきだい」

コウちゃんがいいました。

「ぼく、ネコもいいとおもう」

プーはちいさな声でつけたしました。

でも、モモちゃんは、もうほっぺたを真っ赤にして、目をきらきらさせて、怒ったみたいにいいました。

「わかった、クレヨンないのよ、きっと——。だからせんそうするんだ」

モモちゃんはそういうと、さっき絵をかいて遊んでいたクレヨンを、ポケットにつめこみました。コウちゃんのポケットにもつめこみました。

「がようしだってないんだ、きっと！」

コウちゃんは、急いで画用紙をかかえました。ふたりはしっかり手をにぎって、テレビにむかってさけびました。

「テレビ、せんそうのところへつれていきなさい！」

するとあたりはきいんと真っ暗になり、つぎには燃えるように暑くなり、ダダーン、バリバリ、というものすごい音がしました。戦争をしているところへきたのでした。

真っ黒に日焼けした兵隊さんが、大砲にしがみついて撃っています。

ダーン、ダダーン。

地面がぐらぐらゆれます。空には飛行機が、ぐうんと、とんで行きます。

「せんそう、やめえ！」

モモちゃんはさけびました。でも、だあれもふりむきません。

「せんそう、やめえ――」

コウちゃんも、さけびました。

でも、やっぱり、兵隊さんたちは、目を光らせて、大砲を撃っています。

ヒュー、バリバリバリ。

ものすごい音がして、近くに大砲の弾《たま》がおっこちました。

「こわあい」

モモちゃんは、コウちゃんにしがみつきました。

「ようし、こうなったらぼく、やっちゃうぞ」

コウちゃんは、画用紙のたばをまるめると、そばにあった大砲にとびつきました。そして、弾のかわりに、画用紙をつめこみました。

「せんそう、やめえ――」

ドドーン。

画用紙の弾は、空高くとびあがり、まるでトランプの手品のように、空一面に広がって、ひらひらおちてきました。そして、兵隊さんの手の中へ、ふわりとおちました。兵隊さんはびっくりして、画用紙をひねくりまわしました。

「こんどはあたしがやるの！」

モモちゃんも大砲にとびつきました。クレヨンをつめこんで、

「せんそう、やめえ――」

ドドーン。

赤・黄色・むらさき・白・青・だいだい……クレヨンは花火のように、真っ青な

空に模様をつくって、ぱちぱち光りました。それから静かにおちてきました。

「わあい、クレヨン、クレヨン！」

兵隊さんたちはもう喜んで、手をのばしてはねあがり、クレヨンにとびつきました。そして、画用紙とクレヨンをかかえ、すわりこんで絵をかきはじめました。

かいているのは、お日さまかしら、花かしら、それともうちの人かしら……。大砲の音はもうやんで、黄色いちょうちょが、ひらひら、舞っていました。

モモちゃんは、顔をみあわせて、にこっとしました。

「ぼくたちもかこうか」

「うん！」

コウちゃんとモモちゃんも、すわりました。そうしたら、画用紙が、日の光の中で、あんまり真っ白で、まぶしくて、モモちゃんは思わず目をつぶりました。そして、それっきり、わからなくなりました。

モモちゃんが目をさましたとき、あたりは、もう、暗くなっていました。

「ママ、コウちゃんは？」

モモちゃんは、ねむたい声でいいました。

「コウちゃんは、さっき目をさまして、おうちへ帰りましたよ」

「ふうん、プーは？」

「プーはねえ、お散歩じゃない？　でも、よく寝たのねえ、モモちゃんは。さあおきなさい、晩ごはんですよ」

ママが電気をつけてくれました。モモちゃんはすわって、まだ夢のようにいいました。

「ママ、せんそうどうした？　おしまいになった？」

「え？　戦争？　戦争ねえ、はやくおしまいになってくれればいいのだけど……」

ママは手をのばして、パチンとテレビをつけました。あっ、とモモちゃんは思いました。

「せんそうしてるよ、まだしているよ、せんそうやめえっていったのに」

モモちゃんは、涙をぽろぽろこぼしていいました。

「まあ、どうしたの、モモちゃんは」

「せんそうやめてえ、っていったのにぃ、いったのにぃ、クレヨンあげたのにぃ」

モモちゃんは、泣きじゃくりました。そして、ママにしっかりしがみついていいました。

「ねえ、せんそう、どこまでくるの？　えきまでくるの？　かどの、おかしやさんまでくるの？　おうちまでくるの？　モモちゃん、こわいよ」

「きませんよ。あの戦争は遠いところなの。でももしそばまできたら、ママが、だめ！　って怒るから、ね」

「でも、どこかでしているんだよ、それなのに、だめ！　ってママ、いわないの？　はやくいわないと、みんなしんじゃうよう」

ママの膝で、モモちゃんは、いつまでもしゃくりあげていました。

モモちゃんが、もうじき、五つになるときのことでした。

# パパせんせい

ある朝のことでした。

モモちゃんはむっくりおきあがると、目をこすって、

「プー、おはよう」

といいました。ところがプーというネコは、ほんとうにおねぼうネコで、前足も、後ろ足ものばしたまま、クウークウーって、ちいさないびきをかいて、ねむっているんです。

「プーったら、おきなさい。朝ですよう」

モモちゃんはプーの鼻をつまみました。するとプーはむにゃむにゃクシュンとくしゃみをして、目をあけ、前足と後ろ足をきゅうっとのばして、のびをしました。

ところがモモちゃん、そのとき、あれっと思ったんです。だってプーがね、おかし

いんですよ。目が片っぽうしかあいてないんです。

「プー、かたっぽうの目、どうしたの？　せんたくやさんにだしちゃったの？」

モモちゃんがききました。するとプーは、憤然《ふんぜん》としていいました。

「ぼく、そんなしゅみ、ありません。ぼく、毛皮だってせんたくやになんかださないもん、目はね、ちゃんと……」

プーはそういって、つぶれたほうの目を、ぱちぱちさせようとしました。けれどかわいそうなことに、プーの目は、くっついたまんまであきませんでした。プーはしばらくじっと考えていましたが、やがて重々しくいいました。

「もしかすると、そうかもしれないな」

「なんがそうなの？」

「ぼくの目のこと」

プーは怒ったように、いいました。

「きっとそうだ。モモちゃん、ぼく、わすれてたけどね、ぼくの目、ぎんこうにあずけたんだ。あのね、パパがいってましたよ、ええと、目のぎんこうがあるって、アイスバンクっていうんだって」

「へええ」

モモちゃんは感心しました。

「アイスクリームやさんみたいなぎんこうだねっ、おもしろいの」

「でもぼく、わかんないのは、いつからこのぼく、プーがですよ、そことりひきをはじめたか、ってことなんです」

プーはそういって、しっぽをパタンとふると、じっと考えこみました。でもそれは長くは続きませんでした。モモちゃんがいきなりはねあがってさけんだからです。

「わかった。目ぐすりつければいいんだ。モモちゃんしってるもん！」

モモちゃんは、薬のはいっている戸棚の下へ、大人の椅子をひっぱっていきました。よいしょとのぼって手をのばし、戸棚をあけました。

あった、あった、いろんな薬がいっぱいです。その中からモモちゃんは、うすい青色のびんにはいった目薬をみつけました。

「プーや、プーや」

モモちゃんは椅子からとびおりると、いきなりプーをつかまえました。

「あのねえプーや、プーは目をわるくしたの。だからモモちゃん、おいしゃさんになったげる、さあ、いい子ちゃんね、おめめオックをつけましょう。すぐなおりますよ」

びっくりしたのはプーです。

「ニャーン、ニャーン、ぼく、おいしゃさんきらい。ぼく、びょうきじゃないよう、ぼくの目、ぎんこうにあずけてあるんだよう」

プーはそういってあばれました。

「いけません、プーや、つよいんでしょ。おめめオック、つけましょうねえ、そうしないとたいへんですよう」

モモちゃんはそういうと、ぎゅっとプーをだいて目薬をぽとんとおとしました。そしたら目薬は、おっこちるところをまちがえて、プーの鼻の穴にとびこんでしまいました。

クシャン、クチャン、クション！

プーはくしゃみをたてつづけに十ぺんもしてあばれ、夢中でモモちゃんのほっぺたをひっかくと、どこかへとんで行ってしまいました。

「ああん、ああん、プーがひっかいたあ、モモちゃんおいしゃさんになってあげたのに、ああん、ああん」

モモちゃんは、涙をふりとばして泣きました。そのさわぎに、ママが台所からとんできました。パパも目をこすりながら、おきてきて、

「ああ、たまの休みなのに、なんだ、このさわぎは」

　といって、大あくびをしました。

「プーがひっかいたの、プーが、ああん、ああん」

「どれどれ、どこひっかいたの、まあ、ほっぺたから血がでてるわ。なんて子でしょう、プーは」

　ママはぷんぷんしていいました。

「そんな悪いプーは、川へすてましょうね、モモちゃん」

「それがいい、ああっ」

　パパがあくびをしながら賛成しました。モモちゃんはびっくりして、泣きやみました。そして、もういっぺん泣きだしました。

「だめよう。川へすてちゃだめよう。川ぼうずがでてきてたべちゃうよう」

「それじゃ山へすてましょう。プーは山ネコになればいいわ」

　ママがまたいいました。

「だめよう。お山へすててもだめよう。山ぼうずがきてたべちゃうよう」

　モモちゃんは、泣き泣きいいました。

「困ったわね。プーや、プーや、ここへおいで、ごめんなさいしなさい」

プーはいつのまにかドアのかげからそっとのぞいていましたが、やっぱり片っぽうの目のまんま、走ってきました。

「ニャーン」

「ほら、プーがごめんねしているわ。モモちゃん、もう泣かないの、お薬つけてあげますからね」

「うん」

モモちゃんはこっくりして、ほっぺたに薬をぬってもらいました。

「あのねえ、プーの目におくすりつけてよう、ほら、かたっぽうになっちゃったのよう」

モモちゃんはいいました。

「ははあ、わかった。目薬さそうと思ってひっかかれたんだね、モモちゃんは。ようし、それじゃあパパがお医者さんになってあげよう。モモちゃんは看護婦さんだよ」

パパがいいました。

「うんうん、かんごふさん」

モモちゃんははねました。

「だがねえ、今はだめだよ、あとでだよ」

「どうして？」

するとパパは、片っぽうの目をまんまるくして、今にも逃げだしそうにしながらこっちをみているプーのほうをそっとみて、しいっといいました。そして、ちいさい声で、モモちゃんにいいました。

「もう少しすると、プーが昼寝するだろう、そうしたら看護婦さんは、パパ先生にしらせるんだよ。わかったね？」

「はあい、わかりましたあ」

それからしばらくすると、ねぼすけプーは、まるくなって、のこっている片目もつぶって、クウー、クウー、寝てしまいました。

モモちゃんの看護婦さんは、うれしくてくすくす笑いながら、パパのところへしらせにいきました。

「パパ、プー、ねちゃったよ」

「よしよし、では診察をいたしましょう」

パパ先生はいばってやってきました。

「ははあ、よく寝ていますなあ。これならひっかかないでしょうな。ではちょっと拝見」

　パパはプーの前足をにぎって、時計をにらみました。

「ふんふん、脈拍、異常なし。ではおなかを拝見します。怖くありませんよ。もしもしするだけです」

　パパ先生は、プーのおなかを、ほんとのお医者さんみたいに、トントンとたたきました。そうしたらプーのおなかは、ポコンポコンとなりました。

「いい音ですねえ、おなかもこわれていませんねえ。ではやっぱり、目の病気でしょう、看護婦さん」

「はいっ」

　モモちゃんは、気をつけをしました。

「目薬をとってください」

「はいっ」

　パパはプーの悪いほうの目を、そっと指でひらくと、ぽとんと、目薬をたらしました。

　ふう、むにゃむにゃ。

　プーは動きましたけど、なにしろねぼすけなもんで、ふにゃふにゃとまた寝てしまいました。

「はい、これでよろしい。じきよくなります」

パパ先生は、ママがはこんできた洗面器で手を洗いながら、いばっていいました。

「わあ、じょうず、パパ、じょうず」

モモちゃんは、すっかり感心してしまいました。ママも感心しました。

プーの目はなおったかって？　ええ、それからあと目をさましたときにはね、ちゃあんとなおっていました。まあるい目を二つ、ぱちんとあけて、お庭でおしっこしていましたよ。いやなプーです。

# モモちゃんのおいのり

「ママァ、わたあめがたべたいよ」

モモちゃんが、急にいいました。ストーブがあたたかに燃えている、冬の夜でした。

あめ屋のおじさんが、ペダルをふみながら割りばしをくるくるまわしていくと、ふわふわのわたあめがからみついてきます。まるでお空の雲をとってきたような、あのわたあめがたべたくて、たべたくて……。

「わたあめ、たべたいよう」

モモちゃんは、駄々をこねるように、またいいました。

「ママだって、たべたいけど」

赤い毛糸の玉をころがしながら、ママがいいました。

「わたあめ屋さん、どこにでているかしら。お祭りとか、縁日とか、そんなときじゃないと、でていないでしょ」

「うん、おみせやさんには、うっていないもんね」

モモちゃんはいいました。

「どこかでおまつりがあればなあ、モモちゃん、ちょうだいな、ってかいにいくんだけどな」

モモちゃんは、あきらめきれずに、またいいました。

「さあ、もうねんねの時間でしょ。歯をみがいて、ねんねのべべをきて、おやすみなさいをして」

ママがいいました。モモちゃんは、ママのいうこともきこえないように、大きな目をあけて、考えていましたが、

「あっ、わすれてた！」

と、とびあがっていいました。

「あのね、にちよう学校のせんせいがね、いったよ。よるねるまえに、おいのりしなさいって。そいでね、おほしさまをみてね、しなさいって」

「お星さまをみて、ですって？　この寒いのに、風邪をひきますよ、だめよ」

「だって、そうしなくちゃいけないんだもん！」

モモちゃんは、お庭へとびだしました。凍りついたように、静かな夜でした。星がちかちかと、はじけるようにまたたいていました。大きな星もありました。ちいさな星もありました。赤い星、緑色の星、青い星、モモちゃんはしっかり手をくんで、お星さまをみあげ、おいのりをしました。

「かみさま、ほとけさま、おしゃかさま、キリストさま、イエスさま、マリアさま、わたあめをなめられますように、どこかで、おまつりがありますように」

その晩、気がついてみたら、モモちゃんは、赤いブーツをはき、コートにしっかりくるまって、すきとおった空を歩いていました。

空はふかい、藍色でした。そして、赤や、青や、緑や、銀色にかがやく星が、うかんでいました。

青い星は、アセチレンの青い炎を、シューシューと燃やしていました。赤い星は、赤いまるいちょうちんを、いちめんにかけつらねていました。銀色の星は、銀色にぼうっと光りながら、たえまなく、銀色の光を、ちょうど火の粉のようにまきちらしていました。

「うわあ、おほしさまのおまつり、おほしさまのおまつり、そうね？」

モモちゃんは、足ぶみをしてさけびました。すると、

「ほうい、わたあめだよう」

と、どこかで呼んでいる声がきこえました。モモちゃんは、くるくるあたりをみまわしました。そうしたらまあ、どうでしょう。ちいさなちいさなお星さまの上で、ひとりのおじいさんが、わたあめを作っていました。

「特製のざらめをいれてねえ、雲のわたあめを作っているんだよ、さあいらっしゃい、いらっしゃい。わたあめはいらないかね」

おじいさんは目を細くして、モモちゃんをみてうなずきました。

「いる、いる、わたあめ、ちょうだい」

モモちゃんは、しっかりにぎっていた指をひらきました。そこにはいつのまにか、銀貨がにぎられていました。

「ほうい、銀貨だな。地球星のお金、いいぞう」

おじいさんは、大切そうに銀貨をポケットにしまうと、氷のざらめをさらさらと機械にいれました。ペダルをふむと、ほう、白くてふわふわのわたあめが、ほう、なんていっぱいでてくるんでしょう。

「はい、できあがり」

モモちゃんは、鼻をうずめるようにして、わたあめをなめました。やさしい、甘いにおいでした。少しあったかくて、ママのようでした。

「モモちゃん、これ、四さいのときからたべたかったんだ」

モモちゃんはうっとりといいました。

「ほう、そうかい！　それはよかったよかった、またおいで、六歳のときにもな」

おじいさんは笑いました。気がつくとおじいさんは、ふわふわしたわたあめを作っては空へとばしていました。するとわたあめはみんな雲になって、赤い星の赤い光や、青い星の青い光に、うっすらとそまりながら、藍色の空を遠くへ流れて行きました。

それはきっと、夢だったんです。

でもモモちゃんは、あのときたべたわたあめの甘さが、口の中にちゃんとのこっているから、ぜったい、あれはほんとのことだって思っています。

「でもね、ママ、あのあめうっていたおじいさんが、かみさまなのか、ほとけさまなのか、イエスさまなのか、マリアさまなのか、あたし、よくわかんないの」

モモちゃんはいいました。

# ぽんぽのあかちゃん

モモちゃんは泣き虫じゃないんですけどね、ときどき泣きます。

「どうしたの？　なぜ泣いているの？」

　ってママがきいたら、

「プーがいっちゃったあ。プー、ジャムといっしょにあそびにいっちゃったの、ああん、ああん」

　って泣きました。

「ジャムって、おいも屋のおばあちゃんちのネコでしょ、もうそんなに大きくなったの」

「そうだよ、白いとこにジャムがのっているネコよ、あのね、ジャムはもうせんジャムパンだったんだって。でも、こんなに大きくなっちゃ、とてもあたしにゃたべきれないよ、っておばあちゃんがいってたよ」

「まあ」

「プーはあまいものすきでしょ、だからジャムがすきなの、いつもなめてあげてるの。そいで、いっしょにどこかへいっちゃうんだあ」

モモちゃんは泣きました。

「でもねえ、プーはネコですもの、ネコのおともだちと遊ぶの、仕方がないでしょ。それにモモちゃんは、またプーのしっぽをひっぱったんでしょう」

ママがいいました。

「ちがうよう、プーにねえ、せっせっせのよいよいよい、やろうよっていってね、やったの、プーと手をつないでね。

せっせっせの　よいよいよい
げんこつ山の　タヌキさん
おっぱいのんで
ねんねして
だっこして

かたぐるま
じゃんけんぽん
ってやったの。それなのにプーったら、とちゅうでモモちゃんの手ひっかいてにげちゃうの。そしてジャムがニャーンってきたら、プーもニャーンっていって、いっちゃったんだあ」

モモちゃんは泣きました。

「そうなの、それじゃコウちゃんと遊べば？」

「だってコウちゃんは、おにいちゃんとどこかへいっちゃったよう」

「そうだ、モモちゃん。いいことおしえてあげる」

ママがいいました。

「モモちゃんちに、もうじきあかちゃんが生まれますからね。そうしたら、あかちゃんと遊べるでしょ？　だからもう泣かないの」

「えっ、あかちゃん？　うわあい」

モモちゃんはうれしくて、とんだりはねたりして喜びました。

その晩のことでした。

モモちゃんが、寝ようかな、と思って、おねまきをきたときです。ママがへんな顔をして、

「いたい、けっとばしちゃだめ！」

っていいました。

「あたし、けっとばさないわよう」

モモちゃんはいいました。

「ぼくだって、けっとばしませんよう」

おふとんのすみっこで、プーもしっぽをパタパタさせました。

ママは笑って、

「ちがうの。あのね、ママのおなかの中であかちゃんがけっとばしたのよ。ぽんぽんって。だからおなかのことをぽんぽんぽんっていうのよ」

っていいました。

「うわあ、あかちゃんがいるの？　ぽんぽんって？　ママのぽんぽをけっとばしているの？」

モモちゃんはママにだきつきました。

「うわあ、いいんだ。もしもし、ぽんぽのあかちゃん、あんまりママをけとばしちゃだめですよ、もうよるなんだぞ。ねえママ、あかちゃんよるなのにねんねしないの？」

モモちゃんは、びっくりしたように、ママにききました。

「ほんとだ。あかちゃん、ねんねしてくださいな、おねえちゃんもねんねしますからね」

「うふ、おねえちゃんだって！」

モモちゃんはまたうれしくなって、おふとんの上ででんぐりがえしをしました。するとプーもまねっこして、

「へえ、そんならぼく、おにいちゃんだよねえ」

といって、でんぐりがえしをしました。

「あのね、ママ、モモちゃん、おねえちゃんだから、ぽんぽのあかちゃんに、おはなししてあげる」

「そう！　いいおねえちゃんねえ、それじゃお話してね。なんのお話？」

「あのね、おじいちゃんとおばあちゃんと、おとうちゃんとおかあちゃんがありました。そいでね、あかちゃんもいました。そこへ、おさじさんが、お山をこえて、

のはらをこえて、やってきました。おいしいものはありませんかあ、おいしいものがあったら、お口にいれてあげますよ。おさじさんは、そういいました。そうしたらね、いいにおいがしてきたの。あれ、いいにおいだ、いいにおいのところへいきましょう、そういってね、おさじさんはとことこっていったのよ。

そうしたら、あかちゃんがおいしいおかゆたべるとこだったの。おさじさんはね、あかちゃんにいったの。ぼくはおさじさん、おいしいおかゆをたべるおてつだいをいたしますよ。はい、しっかりぼくをもってくださいねってね、おかゆをのせて、ピポーピポーって、あかちゃんのお口の中へはこんだの。

あかちゃんは、おいしい、おいしい、って、いっぱいたべました。そうしたら、おじいちゃんと、おばあちゃんと、おとうちゃんと、おかあちゃんがよろこんでね。おさじさん、うちの子になってくださいっていってね、おさじさんは、あかちゃんのうちの子になりました。はい、これでおしまい」

モモちゃんは、お話をおわりました。

「ねえ、ママ、あかちゃん、ねんねした？」

「それがねえ？」

ママは困ったようにいいました。

「モモちゃんがおさじさんでおかゆをたべるおはなししたでしょう、はやくたべたいようって、またあばれているの、ほら、またけとばした」

「ふうん、こまったね、こら、あかちゃん、はやくねなさい」

モモちゃんはいいました。

「それじゃ、こんどはママが、ねんねのお話をしてあげましょう。もしもし、あかちゃん、みんな寝ましたよ。プーもねんねしましたよ」

プーはねむいので、目をつぶったまま、ニャアと返事をしました。

「それからね、電気もパチン、ってねんねしましたよ。くまさんもねんねしましたよ。モモちゃんもねんねしましたよ……」

モモちゃんは、ちいさなあくびをして、うれしそうに笑って、目をつぶりました。

ねんねこよ　ねんねこよ
山の木のかず　草のかず
天にのぼって　ほしのかず
田んぼにくだって　いねのかず
いねのかずより　なおかわい

ねんねの　ねがおが　なおかわい……

「おや、みんな、ほんとにねんねしちゃったわ。ママもねむくなっちゃった……」

ママは、ちいさなあくびをしました。

でもあかちゃんだけは、はやくみんなのところへきたいのか、ぽんぽんと、ママのぽんぽんをけとばしていました。

ほんとに困った、あばれんぼあかちゃんです。モモちゃんちには、いったいどんなあかちゃんがくるのでしょうね。

# 海とモモちゃん

モモちゃんはママにつれられて、海へきました。

海は青く、ドドーン、ドドーンと鳴っていました。

「うみ、うみ、うれしいな、うみ」

モモちゃんは、はねあがっていいました。するとママが、笑っていいました。

「あかちゃんのときね、モモちゃんは海をみて、ええん、ええん、って泣いたのよ」

「ほんと、どうして？」

「ドドーン、ドドーンって、波が鳴っていたからよ、怖かったのね」

「ふうん」

「それから、もうちょっと大きくなって、モモちゃんはまた、海へきたのよ」

「そう！」

「そのときもね、海が、ドドーン、ドドーンって、鳴っていたの。それでまた、こわいようって泣いたのよ、モモちゃんは」

「もうこわくないもん、大きいんだもん」

モモちゃんは、はねながらいいました。

「うみさん、うみさん、あたしもう大きくなったのよ、ほいくえんの、大きいくみよ、うみさんは大きくなった？　ほいくえんにいった？」

「保育園だあ、そんなものはしらないねえ」

海は、ザザーッと波をよせていいました。

「そいじゃ、じゃんけんぽんはしっている？」

「じゃんけんぽんだあ、しらないねえ」

「そいじゃモモちゃん、おしえてあげる。これがぐう、ちょき、そいでぱあがこれ、そいでね、ぐうはぱあにまけるの、そいでね……」

モモちゃんは、じゃんけんぽんのやりかたをおしえました。

「ようし、それではやろう、じゃんけんぽうん！」

海はザザーッと波をよせ、カニを一ぴき、モモちゃんの前に、ぽうんと投げました。

「ちょき」

カニははさみをさしあげました。

「わあい、モモちゃんのかちよ、モモちゃん、ぐうだもん」

「ようし、もういっぺんだ」

海は、さあっと波をひきあげながら、いいました。

「いいか、じゃんけんぽうん」

波は、高く高くもりあがり、ドドーンとくずれると、

「そうら、ぱあだ」

と、真っ赤なひとでを投げてよこしました。

「わあい、モモちゃんのまたかちよ、モモちゃん、ちょきだもん」

モモちゃんは、はねました。

「ようし、もういっぺんだ、じゃんけんぽうん」

海はドドーンとうちよせると、さざえを一つ、ほうってよこしました。

「ぐうだぞう」

「あっ、またモモちゃんのかちい、モモちゃん、ぱあだもん」

モモちゃんはうれしくて、カニとさざえとひとでを、赤いバケツにいれました。

「わあい、かったもん、かったもん、モモちゃんのほうが、うみよりつよいもん」

モモちゃんは、砂山にかけあがって、手をふりました。

「はっはっは、またやろうなあ」

海は遠い沖のほうまで、きらきらと光りながら、笑ってどなりました。


その晩、モモちゃんは、海のそばのおうちにとまりました。ところが夜おそくなると、風がふき、雨がふりだしました。

つぎの日は、嵐でした。

海は、青黒くみえました。

波は、沖のほうからくだけて、まるで海じゅう、白いウサギがはねまわっているようでした。

モモちゃんは、うちをぬけだすと、海まで走って行きました。

波は空に高くもちあがり、ドドドッとくだけて、いまにもモモちゃんをのみこむように押しよせてきます。

「うみさあん、どうしたの、おこったの？」

でも、海は返事もしないで、ゴーッと砂をまきあげて波をひき、また、ドドーンとくだけました。

「おこっちゃだめ！　もっとしずかにしてえ」

モモちゃんはどなりました。そこへ、モモちゃんのママが走ってきました。

「あぶない、モモちゃん」

ママはしっかり、モモちゃんをつかまえました。

「さあ、おうちへ帰りましょう」

「だって、あそびたいんですもの」

モモちゃんは、いいました。

ママは空を指さしました。

「みてごらんなさい。きのう、お空はあんなによくはれていたでしょ。それなのに今日は、真っ黒な雲が走っているでしょ。海もそうね。こういう日は、小鳥たちも巣にはいっているわ、カニも、穴にもぐっているわ、お山のウサギも、じっと動かないでいるの。モモちゃんも、おうちの中にはいっていましょうね」

モモちゃんは、おうちにはいりました。そして、ガラス窓におでこをおしつけて、いつまでも、遠い沖ではねまわっている、白いウサギたちをみつめていました。はげしい波の音は、一日中、ガラス戸にひびいていました。

# お月さまとコウモリ

「さあ、もうねんねの時間ですよ」

ママにいわれてモモちゃんは、歯をみがきました。それから、バッタンバッタン、スリッパをならして、二階へあがっていきました。

ネコのプーも、寝ようかな、って思ったらしく、しっぽを立てて、ついてきました。

そしたら、おや、物干しへでるドアがあいているじゃありませんか。

「物干しへのぼっちゃいけませんよ、あぶないから」

ママはいつもいいます。でもモモちゃんは、そっとドアをあけて、階段へのぼりました。

そしたらプーもまねっこして、のぼってきました。

物干しは涼しくて、風がふいていて、レモン色の、大きなお月さまが、すぐ近くにみえました。

「お月さま、アイスクリームみたい、たべたいな」

モモちゃんは手をのばして、いいました。そのときです。バサッと音がして、黒いものが物干しにぶつかりました。ぱっとプーがとびつきました。

「プー、なにをつかまえたの？」

プーは興奮して、アーウーとうなり、物干しの上を、ぐるぐるかけまわりました。それからやっとおちついて、モモちゃんの足のところに、くわえていたものをおきました。

「あのね、モモちゃん、ぼく、ネズミをつかまえたらしいよ」

プーがいいました。

「だってプー、これ、空をとんでたもん。ネズミちゃん、空をとべる？」

「とべない……」

プーは首をかしげて、黒いものをみていましたが、ちょい、と前足でつっつきました。

「わかった！　そして、とびあがっていいました。

「わかった！　ちょうちょうだ。はねがあるもん！」

「え、ちょうちょ？」

すると、その真っ黒けなのが、キーキー声をだして、いいました。

「ぼくはね、ちょうちょでも、ネズミでもありませんよっ、コウモリですよっ」

「コウモリ？」

モモちゃんは、目をまんまるくしました。

だって、コウモリって、雨がふっているときさす、傘のことでしょ？

「ぼく、このおうちの子なんだから！　それなのにつかまえてぇ」

コウモリは、キーキー声でいいました。

「だって、コウモリちゃん、おうちのどこにいるの？」

モモちゃんが、ききました。

「お二かいの、あまどしまうとこの、中ですよっ、ああん、いたいよ、羽がいたい」

モモちゃんは困って、コウモリをだっこして、お部屋に行きました。プーにかまれた羽に、赤チンをつけてやりました。

明るいところでみると、コウモリはほんとうにかわいい子でした。ネズミかリスのような顔をして、黒い羽がついています。

「いたいところがなおるまで、モモちゃんのおへやにいなさいね、ごはんはなにたべるの？」

「ぼくはね、いつも、モモちゃんちにやってくる、わるいかや、むしをたべてあげてんだよ」

コウモリはいばっていいました。

「むし？　むしのごはん」

モモちゃんは心配そうにいいました。

「だいじょぶさ、あしたはまたとべるとおもうよ、おやすみなさい」

モモちゃんも、おやすみをしてベッドに寝ました。プーは、モモちゃんの足のところにまるくなりました。コウモリは、ベッドのふちから、さかさまにぶらさがって寝ました。これがコウモリの寝方なんですって。

すっかり暗くなって、しずかになったとき、コウモリがいいました。

「ぼくね、こんやのお月さまをみていたら、どうしても、お月さまのところまで、いきたくなっちゃったんだ。それで、どこまでもどこまでも、とんでいったんだよ。おとうさんや、おかあさんがよんでいたけど、ぼくはどうしても、お月さまのところへいきたかったんだ。そのうち、とうとうつかれて、はねがうごかなくなって、目がくらくらしてきた。それでもぼく、とぼうとした。でも……、なにもかもわからなくなって……まっさかさまにおちてしまったらしい。でも、ネコにつかまるなんて！」

「プーはいい子よ、そっとくわえたでしょ」

「うん」

コウモリはいいました。そうして、すこしねむたそうにいいました。

「もうすこし、さむくなると、ぼくたち、冬じゅう、こうやって、さかさにぶらさがってねちゃうんだよ。ぼく、なんだか、このへや、すきになっちゃった」

「いいわ」

モモちゃんは、いいました。

「オーバーのポケットにねてもいいわ、ずうっと、冬じゅう」

「うん」

コウモリはねむったようでした。

モモちゃんは、暗い中で、じっと目をあけていました。

「あした、また、とんでいくかしら。コウモリちゃんは、お月さまのところへ……」

ほんとうに、今夜のお月さまは、アイスクリームみたいに、おいしそうだった、とモモちゃんは思いました。

# みんな大きくなって……

ママはこのごろ、とっても疲れているみたいでした。ママはとても丈夫そうですが、もうせん、長い長い病気をしました。だからすぐ、疲れるのです。疲れているのはすぐわかります。左の手を、右の肩にのせるのです。そういうとき、ママは肩から背中がいたいのです。あかちゃんがおなかにいるのに、お仕事しているんだから、大変なんです。モモちゃんは、とっても大きくなって保育園の上の組になりましたから、ママの大変なことがよくわかりました。

それでモモちゃんは、保育園にむかえにきたママと歩きながら、

「ママ、おしごとやめれば？」

っていいました。

「そうねえ」

ママは少し考えたみたいにいいました。

「そうだ。あのね、おしごとからかえったらね、あんまさんたのめば？」

モモちゃんはいいました。

「でもねえ、うちにくるあんまさん、目がわるいでしょう。戦争で、弾にあたって、みえなくなったでしょう。だから夜はきてくれないのよ」

「でも、おしごと、はやくすんだらば？」

「だって、モモちゃんの晩ごはん作らないと、モモちゃん、おなかすくでしょ？」

「うん、いいよ、おなかすかないよ、お水のんで、おしっこしてるから、だいじょうぶだよ」

モモちゃんはいさましくいいました。

「ぼくだってへいきですよう」

プーもいそいでいいました。

「ぼく、おしっぽなめて、おしっこしてるから」

「まあ、ご協力、感謝いたしまあす」

ママは、選挙演説する人みたいに、にっこり笑っておじぎをしました。それからどうしてだかわかりませんけど、

「目に、ごみがはいったみたい」

っていいました。

その晩、ママはほんとうに疲れていたらしく、夕ごはんがすむと、ほんのちょっとだけと思って横になりました。そうして、あっというまに、なにがなんだかわからなくなりました。

それが、とっても長いあいだだったのか、ほんの少しだったのか、ママにはわかりません。ママはとにかくはっとして目をさましました。

「ああ、たいへん、モモちゃんを寝かせなくちゃ」

ママはぼんやりとあたりをみまわしました。真っ暗です。ママは目をぱちぱちさせ、それから、長いあいだ考えていいました。

「たしかに夜よ、今は」

でも、だれも返事をする人はいませんでした。

「まあ、あたし、毛布をかけているわ」

ママはまたいいました。それから、いったい、今何時だろうと思いながら、立ちあがって手さぐりで電気をつけました。

急に明るくなると、いつもの部屋なのに、なんだかママにはよそのうちのように、すましているようにみえました。それは、あんまり静かでひっそりしていたせいかもしれません。

ママはまだぼんやりした頭で、モモちゃんの部屋をのぞきこみました。モモちゃんはもう、ぐっすりねむっていました。そばの机の上に、お人形がちゃんとお布団かけて寝かせてありました。くまちゃんも寝ていました。戸がしまって、カーテンがひいてありました。

「ひとりで戸をしめて、カーテンひいて、ひとりでおねまききて、寝たんだわ」

ママは暗いうちの中に、つぎつぎ電気をつけていきました。

「ひとりでテレビも消したんだわ、ひとりでガスの元栓もしめたんだわ。そして、ひとりで電気を消して寝たんだわ」

ママはじっと立ったまま、ゆっくりとそう考えました。するとピンポーンとチャイムが鳴って、パパが、

「帰ったよ！」

と、外でいいました。ママはドアをあけました。

「やあ、ただいま」

パパはいいました。

「どうしたんだい？　ぼやあっとしてさ」

ママはモモちゃんの話をしました。

「そしてね、わたしにちゃんと毛布をかけてくれたのよ」

「ふうん、大人になったもんだな、モモちゃんも」

パパは感心しました。

「このあいだ、生まれたばかりだと思ってたのにね」

ママもいいました。

「プーはどうしたんだ？」

パパが気がついたようにいいました。

「あらまあ、ほんと、いないわ、遊びに行ったんでしょうね、プーったらほんとにいつまでも子どもで困っちゃうわ。今日もまりを一つ、パンクさせちゃったのよ、じゃれていて……」

ママはいいました。


そのころ、プーはなにをしていたでしょう。プーは、原っぱでジャムを待っていました。

その晩はまあるいお月さまのつぎの日でしたので、原っぱには、青い月の光がふりそそいでいました。そのために、いつもみなれた原っぱが、まるでふしぎな国のようにプーには思われました。草のかげにすわっていると、まるでいちめん銀の矢がふりそそぐように、草のひとつひとつがきらめいてゆれるのです。そのくせ、かげになっているところは、怖いような暗さです。空気はひんやりと水のように冷たく、プーは緑色の宝石のような目をりんとみはって、じいっとすわっていました。するとかすかに草をふむ音がしました。ちいさなちいさな足音です。きこえないくらいの、ちいさなやさしい足音です。プーはその足音をきくと、思わずグルグルグルとのどが鳴りました。

「プー、ごめんね、ぼく、おそくなっちゃった」

ジャムでした。ジャムは白いパンのところを雪よりも白くかがやかせながら、プーの前にすわりました。

「うちのおばあちゃんをねかせてからきたの、だからおそくなっちゃったの」

ジャムはいいました。

「ぼくもいまきたとこさ。うちのママはつかれて、はやくねちゃったんだけど、モモちゃんがちっともねないんだよ。大きな目をあけてあそんでいるんだ。おしまいに、プー、あかちゃんになりなさい、っていって、ぼくにあかちゃんのぼうしをかぶせて、もうふにくるんでねかすんだもの、ぼくこまっちゃった」

「それでどうしたの」

「うん、そのうちに、モモちゃんのほうがあくびしたから、ぼくうたってあげたの、子もりうたをね、そしたらすとんってねちゃったよ」

プーはそういうと、とつぜんはねあがりました。

「さあ、これからぼくたちのじかんだよ、ジャム、はらっぱのくさの上、ジャンプしていこうよ!」

プーは軽々とはねていきました。するとジャムも負けずに、軽々とはねあがり、はねあがり、草をとびこえていきました。

「ほら! みてごらん! ぼく、このすすきとびこえてみせるよ!」

「ぼくだって!」

体がふわっととぶときの、気持ちのいいことったら。プーはもう、このまんまはねながら地球の果てまでとんで行きたくなりました。そしてそのまんまロケットのように宇宙へはねて行きたいと思いました。ジャムだって、そうだったんです。

どのくらいそうしていたでしょう。とうとうプーとジャムは、はあはあいって、原っぱの草のあいだにすわりました。

「ジャム、ぼく、もうせんからいいたかったんだけどさ」

プーがいいました。

「？」

「きみはね、女の子だよ、しってる？」

するとジャムは、びっくりしたように考えこんで、いいました。

「へえ、ぼく、女の子なの？　ちっともしらなかった」

「そうだよ、へえ、しらなかったの」

プーは目をまんまるくしました。それから少し、考えていいました。

「それでね、ぼくのおよめさんになってくれる」

「うん、なってあげる。女の子はおよめになるんだもんね」

ジャムはいいました。それから、心配そうにいいました。

「でも、ジャムパンになったらどうしよう。およめにはなれないよね」

「だいじょうぶ！　ぜったい、ぼくはきみをジャムパンになんかしないよ！」

プーはとつぜん、勇気凜々としてさけびました。

「きみは、ぼくのおよめになるんだもん」

ジャムがプーのおよめになる約束をしたのは、実にこの晩のことなのです。青い月の光がふりそそぐ原っぱでのことなのです。

モモちゃんもプーも、みんなずいぶん大きくなったのでした。

# 雨のふる晩のこと

雨のふる晩でした。

「このよのなかで、いちばんすきなのはネコ、プー」

モモちゃんがそういいながら、クレヨンで紙に絵をかいていました。ひげをぴんとさせて、いばったプーです。

「それからプーのおよめのジャム」

モモちゃんはプーの横に、ジャムをかきました。

「まあ、だれかお忘れじゃありませんか」

ママがいいました。モモちゃんはびっくりしてママをながめて、あわてていいました。

「それからすきなのは、ママとパパでした」

「まあ」

ママはまだ大いに不服です。でもモモちゃんは、ジャムの頭に、花の冠とベールをかいて、いいました。

「ねえママ、プーとジャムは、けっこんしきあげたんだよ、しってる？」

「まあ、ちっともしらなかったわ」

ママがいいました。

「プー、それはほんとう？」

プーは寝たふりをしていました。でも、嘘寝のしょうこに、しっぽがパタンと動きました。

ザーッ、雨はどんどんひどくなっていきます。風もうなっています。

「まるで台風みたいね、また水がでなきゃいいけど」

ママは心配そうにいいました。

「水がでるって、どこにでるの？」

「そうねえ、いろんなところへよ、うんとでると、ほら、橋が流されたり、家が流されたりするでしょ。モモちゃんだってほら、一ぺん、大水にあったこともあるんだから」

「へええ、ほんと！　ねえはなして、はなして、そのときのこと」

「はいはい、話してあげますよ。でもねえ、どうしてあんなに大変だったことを、いままでモモちゃんに話してあげなかったのかしら。それはね、モモちゃんが生まれて、まだ三ヵ月めぐらいの、秋の日のことだったの」

ママはゆっくり話しはじめました。

「そのとき、パパは遠いところへ、旅行に行っていたのよ。で、ママはモモちゃんとふたりっきりでした」

「プーは？　プーはいなかったの？」

モモちゃんがききました。

「あっ、そうそう、プーもいました」

プーはそれをきくと、満足そうに、寝たふりをしたまま、しっぽをふりました。

「その日は台風がくるというニュースがあってね、朝から雨がふっていました。風もビュービューふいていました。お昼すぎて、夕方近くになったとき、近所のあやちゃんというおねえさんがとびこんできたの。『たいへんな嵐だけど、元気？　大丈夫？』

ところがねえ、玄関に立っているあやちゃんの足の下が、そういっているまに、ずんずんぬれてきて、あらあらっていうまに、ずんずん、ずんずん水がはいってきたの」

「ふうん」

「このへんはね、いつもは水なんかでたことないところなの、それなのにそのときは、どういうわけかしらないけれど、水がでたのよ」

「それで？　それでどうしたのママ」

「さあ大変だ、っていっているうちに、サンダルなんか、ぷかぷかうきだしたの。あわててね、大切なものをすぐ天井裏にのっけたのよ、押し入れからもぐってね」

「お二かいは？」

モモちゃんがいいました。

「そのときにはね、まだうちにはお二階がなかったのよ、あとからのっけたんですもの。それで天井裏へどんどんのせたから、天井がしなって、おっこちそうになったの」

「こわかった？」

「怖いなんて、考えているまはなかったの。どんどん水がふえてくるんですもの。電気洗濯機だって、ぷかぷかういてきたのよ」

「わあ、おもしろい」

「おもしろいもんですか、そうしたらあやちゃんがね、うちへいらっしゃい、うちは二階があるからって、そういってね、みんなで逃げていくことになったの。そのとき、あやちゃんがいいこと考えついてね、たらいにパンとか、ミルクとか、モモちゃんのおむつとかのっけてね、雨がかからないように、ビニールかぶせてね、それを水にうかべて運んだのよ」

「うわあおもしろい、たらいのおふねね、あたしその上にのっかったの？」

「いいえ、モモちゃんは、ママがしっかりだっこしてね、膝よりもっとふかい水の中を逃げていったの。もう真っ暗でね、ゴーゴー風はふくし、雨はふるし、水はどんどんふえていくし、怖かったわよ」

「ねえ、ぼくは？　ぼくはどうしたの？」

プーがとびおきていいました。

「ちっともぼくのこと、いわないんだもの。ずるいよう」

「あら、ごめんなさい。プーはね」

「うん」

プーはしっぽをパタッとならしました。

「ぼく、うんといさましかったでしょ？」

「ところがねえ」

ママは、すまなそうにいいました。

「プーはたんすの上で、ミャオーミャオーって鳴いていたの、怖がってぶるぶるふるえていたわ」

プーはがっかりしました。へええ、ほんとかしら……。

「それでいっとう最後に、たらいのお船にのってね、逃げたのよ一緒に」

「ふうん」

モモちゃんもプーも、一緒にうなりました。

「ねえママ、もういっぺん大水になるといいね。そしたらあたし、こんどはたらいのおふねにのるんだ」

「まあ、なにいっているの、水なんてぜったいでてはいけないのよ」

ママはいいました。雨も風も、さっきよりはげしくなったようでした。ガラス戸がガタガタゆれました。

その晩、ママはねむっていたモモちゃんがいきなりむっくりおきたので、びっくりしました。

「それで、きんぎょはどうしたのよ」

モモちゃんは、はっきり、いうんです。

「え、なんですって」

ママはモモちゃんをゆすぶりました。

「夢をみたの？　え、どうしたの？」

「お水がでて、きんぎょちゃん、どうしたのよう」

モモちゃんは、しくしく泣きながらいいました。

「ああ、さっきの続きね。金魚は大丈夫よ、どぶに逃げたのもいたけど、つぎの日、ちゃんとつかまえたわ、ね、安心して寝なさい」

こっくりして、モモちゃんはパタンとまた寝てしまいました。

そのころ、プーも夢をみていました。プーはたらいのお船をこいでいました。ひとりぼっちではありません。ジャムもちゃんとのっていました。

「ぼくがいるからだいじょうぶだよ」

夢の中でプーはいばってそういいました。夢の中でも、雨の音はやっぱりはげしく、ザーザーひびいておりました。

# 暗い野原で……

ある朝のことでした。

ママはびっくりして、目をさましました。時計が止まっています。あたりは静かでした。もうじき、冬がやってくるころでした。ですから、朝といっても、まだうす暗かったのです。

「大変だわ、おねぼうしたんじゃないかしら、でもまだ、はやいのかしら？　とにかくはやく、ごはんを作らなくちゃ」

ママはそういって、ふかふかのスリッパに足をつっこみました。このスリッパは、もうじきあかちゃんが生まれるママのために、おいも屋のおばあちゃんが、もってきてくれたのです。

「あかちゃんが生まれる前は、とにかく、冷えないようにするのが、肝心ですよ」

おばあちゃんは、お説教しました。

「あんたさんのように、短いスカートをはいて、もう少しで生まれるというのに、とんで歩くなんて、とんでもありませんよ」

「好きで歩いてるんじゃないのよ」

ママが、がっかりしたようにいいました。

「うちでできない仕事なのよ。でも、もうこれでおしまいなの。あと、うちでできる仕事を一つやればいいんです」

「それならよござんすけどね、うちにいるときも、せめてこのスリッパをはいてくださいよ、あったこうござんすよ。うちのジャムが、しっぽの毛を少しくれましたからね、つけておきました」

「まあ、すみません。それじゃジャムにもよろしく」

スリッパには、白い毛皮がついていました。プーは急いでそこをくんくんかいで、

「これ、ネコくさくない、ウサギくさい」

といいました。

話が長くなりましたが、このスリッパは、まあ、そういうあたたかなスリッパな

のです。

さてママは、急いでスリッパに足をつっこむと、急いで階段をおりはじめました。ところが、スリッパがあんまり上等で、そのうえ、ママがあんまり重たかったものですから、ママはあっというまに階段のふちですべってしまいました。そして、ドドドドドドド。

という、ものすごい音をさせて、下まですべりおちてしまいました。

「たいへん……まるで……おすべりみたい……ああ……あかちゃんが……あぶない っ」

おっこちる短いあいだに、ママはそう考え、とうとう、
ダダン！

ものすごい音がして、ママはそれっきり、気をうしなってしまいました。

ママは、なまり色の雲がたれこめている原っぱを、とぼとぼと歩いていました。原っぱは冬がれていました。冬がれならば枯草色のはずなのに、空になまり色の雲がたれこめているせいか、原っぱも、いちめんなまり色にしずんでみえました。

ママはときどき足をとめて、あたりをみまわしました。冷たい風が、ふきすぎて

いきました。けれども、うるうるとかさなりあった、なまり色の雲は、動こうともせず、暗く、しずんでいました。

ママはため息をついて、また、重い足どりで歩いて行きました。暗いわ、それにさびしいわ、なにもかも死にたえてしまったように、もの音ひとつしない……。あかちゃんは死んだのかしら。階段からおちたとき、死んだのかしら……そう、死んだんだわ、だって、こんなに暗いもの。風にふかれるわらくずのように、ママはたよりなく、立っていました。そうよ、死んだんだわ……。

そのとき、雲のさけめから、ひとすじの光が、さあっと野原におちてきました。するとその光で、きらっと光ったものがありました。

「なにかしら……」

ママはそのそばに近づきました。それはあかね色にかがやく、野ばらの実でした。いちめんなまり色の、野原の中で、その実は、まるく、愛らしく、かがやいていました。

ママの目から、涙があふれました。

――このちいさな実の中に、命があるのですね。だからこんなに、燃えるように赤く、かがやいているのですね。

ママはその実のそばに、手をたらして、立っていました。命があるのですね、命があるのですね、とつぶやきながら……。

モモちゃんが、そっとドアをあけて、ママのところへ行ってみると、ママは寝たまま、なにか書いていました。ママは片方の目から、涙を、まるでお湯のように流していました。けれども、片方の目からは、涙は少しもでていませんでした。

「ママ、きがついた？　だいじょうぶ？」

「大丈夫よ」

ママはいいました。

「さっき、あかちゃんがママのおなかを、けっとばしたわ、生きていますようって。だから大丈夫」

「生きていますようって？」

モモちゃんは、くりかえしました。モモちゃんには、よく、わかりませんでした。でも、よかったと思いました。

「ママ、なにしているの？」

「お仕事よ、これがすめばおしまいなの、今日が約束の日なのよ。あかちゃんが生まれるまえに、しておかなくちゃね」

「どうしてママは、かたっぽうの目でないているの？」

「どうしてかしら、どうしてだかわからないけど、こうなっちゃったのよ。これがすんだら、もう片一方からも、涙がでてくると思うわ」

「ふうん」

ママはしばらくすると、書いた紙をたたんで、封筒にしまいました。するともう片方の目から、涙がどっとでてきました。

「ほらね」

ママはいいました。

「ママ、あかちゃんの名前、もうきめたわ」

「なんていうの？」

「アカネ、っていうのよ。あっ、またけっとばしたわ、おなかのあかちゃんもきっと、この名前に賛成！　っていったのね」

アカネちゃんが生まれたのは、つぎのつぎの日の、明け方でした。

# おうちが呼んでいる

ママがあかちゃんをだっこして、

「かわいい、かわいい」

っていいました。

モモちゃんはそれをみると、ひっくりかえって、足をバタバタさせました。

「ああん、モモちゃんのことは、かわいくないのかあ」

「まあ、おねえちゃんがあんなこといって、おかしいわねえ、モモちゃんだって、かわいい、かわいい」

「ああん、あたしのことは二どしかいわない。アカネのことは八ぺんもかわいいっていったあ。あたし、さっきから、ちゃあんとかぞえていたもん」

モモちゃんは、またひっくりかえって、足をバタバタさせました。

「まあ、おどろいた。それじゃあと六ぺんいえばいいのね。はい。かわいいかわいいかわいいかわいいかわいい、ふうっ、かわいい、はい、六ぺんいいましたよ、いいですか」

「うん、いいよ」

モモちゃんは、にこにこしました。ところがこんどは、プーが真似っこしていいました。

「ニャーン、ニャーン、ぼくのことなんて、だあれもかわいいって、いってくれないよう。一ぺんもだよう、ニャーンニャーン」

ところがそのとき、電話のベルがリーンリーンリリーンと鳴ったものですから、ママは、プーや、かわいいかわいい、なんていうまもなく、

「プー、どいてどいて」

といって、電話のほうへとんで行ってしまいました。そうしたらどうでしょう。モモちゃんたら、

「あははあ、プーなんて、ちっともかわいくないんだって」

こんないじわるをいうんです。

プーは悲しくなって、

「いいよ、いいよ、いいですよう」

ってていいながら、どんどん、表にでていきました。そして、

「ぼくはぼくで、ちゃんとしたおうちをつくるんだ。モモちゃんのうちにいなくたって、ひとりでくらしていけるんだ。うまくいったら、そこへおよめさんもよぶんだ。ジャムだってよろこんできてくれるとおもうよ」

と、ぶつぶついいながら、歩いて行きました。

するとと、いいにおいがしてきました。

「あ、おさかな、やいているんだ。おひるごはんだな」

プーは立ちどまりました。うちのお昼はなんだろうな。パンにバターをぬって、揚げたてのコロッケをはさんで、ふうっ。

「でもいいんだ、ぼく、どうせあついものはたべられないんだし、それに、ぼくなんて、だれもかわいいっていってくれないんだから。ちいさいときには、あんなにかわいがってくれたのに……」

プーは歩いて行きました。どんどん、どんどん、歩いて行きました。横町をいくつも、いくつも曲がりました。あんまり曲がったものですから、数がわからなくなりました。

「いいんだもん、ぼく、うちへかえらないんだもん」

プーはいいました。でも気がついてみたら、うちをでるときはぴんとしていたしっぽが、いつのまにかしょんぼりとしています。

「しっぽ、げんきだせ、ぴんぴんぴん」

プーはしっぽにいいました。そこでしっぽもまたぴんと立ち、プーはいばって歩いて行きました。とうとう、川へでました。

「川だ、川だ、いいぞう、川にはさかながいる。かになんかもいる、これからはおなかがすいたら、川へとびこんで、さかなをとってくらすんだ。いいぞう」

プーはうれしくて、しっぽをなめました。するとなんだか、ミルクのにおいがしました。

「あれえ、どうしてミルクのにおいがするんだろ、あかちゃんのそばにいると、ぼくまでミルクくさくなるのかな？」

プーはあたりをみまわしました。けれども、どこにもミルクなんてあるはずがありません。でも、たしかにしっぽをなめるとするんです。ミルクのにおいが……。

プーのおなかが、グーッて鳴りました。ママはいつも、あかちゃんのミルクを作るとき、プーのぶんも作ってくれましたっけ。

「いまごろ、ぼくのおさらに、ミルクがはいっているかなあ。でもいいんだ、ぼく、川へとびこみさえすれば、生きているさかなをたべられるんですからね」

プーは川をみました。広い川いっぱいに波が立って、夕日がきらきらしています。

「川の水、つめたいだろうなあ、ここにいてもこんなにさむいんだもん。でもぼくは、ゆうかんなるプーなんだから、いつかなんか、それでひょうしょうされたんだから、つめたい水だってへいきだよ。ただ、いまはいいんだ。おなか、すいていないから」

プーは寝ることにしました。プーは目をつぶりました。川の中の魚のことを考えて、一生懸命、寝ようとしました。でもプーの目はしっかりつぶっているのに、モモちゃんちにある、プーのお皿がちゃんとみえるんです。

いつのまにか、プーはねむったようでした。夢の中でプーはびっしょりぬれ、とりたての魚を口にくわえて、モモちゃんちのお皿にいばってのせていました。これ、ぼくのおみやげです、ふわあ、寒い、ぶるぶるぶる……。

ウー、ワンワンワン、ウー、ウー。

プーはとびあがりました。なにがなんだかわからなくって、そこらをぼんやりながめました。いつのまにか、冷たい雨が、しとしとふっていました。そして、真っ暗な中に、目玉が光っていました。のら犬だったのです。のら犬が、あちらからも、こちらからも、目を光らせ、歯をむきだして、じりじりとプーのほうへせまってくるのでした。

プーはふうっとうなって、全身の毛をさかだてました。ウー、ウー、犬たちは遠まきにプーをかこみ、うなりながらとびかかろうとすきをねらっています。プーも負けずにうなりながら、すきをみてぱっと逃げだしました。負けるが勝ち、こんなに相手がおおぜいでは、勝ちっこありません。

ウー、ワンワンワンワン。

犬たちは、いっせいにほえたてながら、プーをおいかけてきます。そのものすごさったらありません。プーは、走りました。木にかけのぼり、屋根をつたい、走って走って走りつづけました。そして、モモちゃんのうちへとびこみました……。

「あっ、プーだ、プーがかえってきた」

おねまきをきたモモちゃんが、プーをだきしめました。おねまきはどろんこのべたべたになりましたが、モモちゃんは少しもきたないって、怒りませんでした。

ママもでてきました。

「まあプー、どこへ行ってたの、みんな心配していたのよ。さあ、ミルクをおあがり、お魚もありますよ」

プーはうれしくてニャーン、ニャーンと鳴きながら、ミルクをなめました。ゴロゴロゴロ、やっぱりおうちはいいな。

でも、あんなに横町をたくさん曲がって、遠い、しらないところへ行ったのに、どうしてプーは帰ってこられたのでしょう。プーはしっぽをなめながら考えましたけれど、よくわかりませんでした。きっとおうちが、お帰り、お帰りって呼んでくれたんだな、ってプーは思いました。

# あかちゃんとお留守番

モモちゃんちのあかちゃんは、たくさんミルクをのんで、たくさんねんねをしましたので、むちむち太ってきました。生まれてからまだひと月ですけれども、あうあうといったり、えい、うう、れえいなんていって笑います。笑うときの顔は、お日さまの下でちいさな花がひらいたようです。

ある日のこと、ママがモモちゃんにいいました。

「花屋のおばさんが、病気なんですって、ママ、お見舞いに行ってきますからね。アカネちゃんとお留守番していてくれる?」

「うん、あたし、おるすばんしているから、だいじょうぶよ。ないたらオルゴールならして、べろべろばあって、してあげる」

「そう、じゃ、おねがいね。今ミルクをのんで寝たとこだから、きっと静かにしていると思うわ。ママ、急いで行ってきますからね」

ママはそういうと、でかけました。花屋さんはうちの前の道をずうっと行って、一つ曲がって、もう一つ曲がったところにあります。そこのおばさんは、ちいさいときから、モモちゃんをとってもかわいがってくれたおばさんでした。

「おばちゃんの病気、うんと悪いのかな」

モモちゃんは、ちょっと心配になりました。でもじき忘れて、一生懸命、絵本を読みはじめました。みるんじゃありませんよ。読むんです。おまけにモモちゃんはこのごろ、字が書けるようになったんです。だってもうじき、一年生ですからね。

「す、る、と、ラ、イ、オ、ン、は、い、い、ま、し、た」

ほんとうに静かでした。モモちゃんが本を読む声のほかは、プーがゴロゴロ、のどを鳴らしているのと、あかちゃんの寝息ばかりです。

「ね、す？　す？　ず、みく、ん……」

こんなふうにして、どのくらいたったでしょう。あかちゃんが、フンフン、鼻をならしはじめました。

「あっ、目がさめた、どうしよう」

モモちゃんは、あかちゃんの顔を、のぞきこみました。あかちゃんは手をバタバ夕ふり、口を曲げて、いまにもべそをかきそうにしていました。

「こまったな、ママ、はやくかえってこないかな」

モモちゃんはいいました。そして、プーをゆすぶりました。

「プーや、プー、おきてよう、お花やさんまでママをおむかえにいってきてよ」

プーはうす目をあけて、むにゃむにゃいって、またねてしまいました。

「プー、プーったらあ、おきてよう」

モモちゃんはプーの体をだいて、もういっぺんゆすぶりました。でもねえ、ネコってよく寝ていると、あったかくって、くにゃくにゃで、重たくて、こっちまでねむくなりそうなんです。

あかちゃんはちいさな口をあけて、少し泣きはじめました。

「プーったら！」

モモちゃんは怒って、しっぽをひっぱりました。プーはびっくりしてとびあがりました。

「ニャーン、だれだあ、しっぽをひっぱったのはあ、むにゃむにゃ、ああっ」

大きなあくびです。

「プー、しっかりしてよう。花やさんにママがいるから、よんできてよ、あかちゃんがなきそうだからって」

「はあい」

あくびをもう一つして、背中をぺろぺろってなめて、さてそれから、プーはでかけました。

ところが、まだよく目がさめないうちに、あわててでかけたので、うちの前の道をずうっと行って一つ曲がったときには、

「あれ、ぼく、どうしてここをあるいているんだろ」

と、ひとりごとをいいました。ところがちょうどそのとき、そこへジャムがやってきたんですね。そして、ニャーン、とかわいい声で鳴いたものですから、プーはすっかりうれしくなりました。そして、

「はらっぱへいって、かけっこしよう」

といって、ジャムとかけだしていってしまいました……。

モモちゃんは、そんなことはちっともしりません。プーが呼びに行ったんですから、もうじきママは帰ってくると思って、一生懸命、待っていました。

あかちゃんはそのまに、だんだんべそがひどくなってきました。

くふうん、いっとう先にそういって泣きました。口を曲げて、おうおうといいました。そのうち、口がだんだん大きくなって、れいい、れいい、と泣きだしました。

「いい子、いい子、ママはもうすぐかえるから、ないちゃだめ」

モモちゃんは、ガラガラをふったり、オルゴールを鳴らしたりしました。でもだめです。

あかちゃんは大きな口をあけ、涙をふりとばして、

おう　おう　おう

れいい　れいい　れいい

と泣きだしました。もう本式です。真っ赤になって、顔をくちゃくちゃにして、

れいい　れいい　れいい

「なかないのよう、ほらおねえちゃん、じょうずでしょう、べろべろ、ばあ」

モモちゃんはとっても上手に、べろべろ、ばあをやりました。それなのにあかちゃんたら、みようともしないで、わあわあ泣くじゃありませんか。その声のものすごいことといったら……。モモちゃんは一緒になって、ひっくりかえって泣きたくなりました。

でも泣いてはいられません。モモちゃんは困って、くるくるまわって、考えました。

「そうだわ、おてがみかこう、あ、そうだ、でんぽうのほうがいいわ、でんぽうてがみよ」

モモちゃんは、鉛筆と紙をだしました。

あかちゃんがないてますはやくきて
ままへ　　　モモちゃんより

手紙にはこう書きました。それから、大きな声でいいました。

「だれか、ゆうびんやさんになるひと、いませんかあ、ママのところへでんぽうとどけてほしいですう」

すると、はあいって返事をした人がありました。それはテーブルの上にのっている牛乳びんでした。

「わあ、ぎゅうにゅうちゃん、いってくれる？　それじゃ、はやくいってよ」

「はあい」

牛乳びんは体に手紙を巻いて、パチンとゴムでとめてもらうと、よちよち走りだしました。

のんきなママは、モモちゃんがこんなに困っていることを、ちっともしりませんでした。でも、花屋さんのおうちに、すこし長くいすぎたな、と思ったので、急いで帰ってきました。

最初の角を曲がったときです。ママはだれかに呼ばれたような気がしました。ママ、ママ、ってたしかにいっています。

「はいはい、どなたですか？」

ママはあたりをみまわしました。でも、だあれもいません。

「へんね、気のせいかしら」

ママは、歩きだそうとしました。そうしたら、

「ああん、けっとばしちゃだめですよう」

という声が、足のところからきこえました。びっくりして下をみると、まあおどろいた。そこには牛乳びんが、お手紙を輪ゴムでとめて立っているじゃありませんか。

「なんですって、あかちゃんが泣いてます、はやくきて。ですって。さあ大変、急

がなくちゃ」

ママはびっくりして、牛乳びんをだっこしてかけだしました。すると、むこうからスプーンが、お手紙をリボンのようにむすんで走ってきました。

「ママ、お手紙です！　電報です！」

スプーンはいいました。

「まあ大変、なんですって、ええと、あかちゃんは、顔を真っ赤にして、泣いてます、はやくきて。ですって。まあ、はやく行かなくっちゃ！」

ママはスプーンもだっこして、かけて行きました。二つめの曲がり角を曲がりました。すると、お皿にばったりあいました。

「電報、電報」

お皿はくるりとまわっていいました。ママがみるとどうでしょう。お皿の体に手紙が書いてありました。


ふとんをけとばしてないています。うるさいよう。

お皿には、こう書いてありました。そして、泣いているあかちゃんの絵が描いてありました。お団子のような涙をふりとばして泣いている絵です。

「まあ大変、急げ急げ」

ママは、お皿もだっこして、走って行きました。すると門のところで、たまごにあいました。

「みてよ、ぼくのてまみ、みてよ」

たまごはさけびました。

「まあ、たまごさんまでお手紙をもってきてくれたの」

ママはたまごを手にのせました。するとと赤いクレヨンで、ただ、

はやくはやく

と書いてありました。

ママは玄関にとびこみました。その途端きこえてきた泣き声のすごいことといったら……。

れいい　れいい　れいい　わうう　うう

おうん　ぎゃあ　ぎゃあ

あかちゃんは涙をふりとばし、真っ赤になって、足をバタバタさせて、おうおう泣いていました。

「ごめん、ごめん、悪いママね。はい、すぐミルクを作ってあげますよ」

おむつをかえてもらって、ミルクをのんだら、あかちゃんはもうおりこうになりました。

あうあうあううとお話して、にこにこ、笑いました。

「やあい、いまないたからすがもうわらった」

モモちゃんもうれしくって、でんぐりがえしをしました。だってママが、

「モモちゃん、おりこうだったわね、ちゃんとお手紙書けたのね、ありがとありがと」

ってほめてくれたからです。

牛乳びんも、スプーンも、お皿も、たまごも、えらかった、えらかった、とほめてもらいました。プーは？　プーはまだ帰ってこないんですよ。悪い子のプーです。帰ってきたら、おしりをペンペンしてやりましょう。

# 文庫版あとがき

この度、講談社から文庫本としての「モモちゃん」が登場します。「あら、前にも文庫本になっているでしょう」と編集者の方に言うと、「いえいえ、今回は二十代以上の方に読んでいただきたくて」と。

彼女いわく、ちいさいときに読んだ死神や歩く木の不思議なお話が、大人になって読むと腑《ふ》に落ちる感じで、さらにママになって読むと身につまされるとファンからの声があり……と。

ふーむ、そんなお話だったかと、書いた私自身がびっくりしたりして——。

私はいつも、書きたいから書いてきただけ、そう思って今まで書き続けてきたからです。

モモちゃんがはじめて世に登場したのは、昭和三十六年、福音館書店の冊子『母の友』、十月号に載った「三つになったモモ」でした。

長女が三つになり、赤ちゃん部屋から保育園の今でいう年少さんのお部屋に行くことにより、お姉ちゃんとしての自覚が生まれ、さまざまな自立を心がける娘の姿から生まれた作品です。

翌年、味の素の『奥様手帖』という冊子二月号に「ちっちゃなモモちゃん」として登場し、次の年の一月から十二月まで「ちいちゃな、ちいちゃなモモちゃん」として、毎月さまざまなモモちゃんが連載されました。

このときに、劇団太郎座を主宰していた瀬川拓男が人形を手掛けて、モモちゃん人形が生まれたのです。

その後、昭和三十九年に講談社から単行本として出版されますが、この人形を使った表現は画期的だったかもしれません。

実はひとつエピソードがあります。この時の初版のあとがきで、長女がチューインガムをのどにつまらせ、死んだようになっているのを夫が発見し、私がそのチューインガムを取り出し、娘が息を吹き返した場面が書かれているのですが、長女は「その時に、あの世に行って何か教わってきたような気がする」と言います。日常でも確かに長女の勘の鋭さにはときどき舌を巻くことがあります。小学校の頃にも、サスペンスドラマを見ていると、最初に「犯人はこの人」と言うので、ちっともサスペンスドラマになりません。これはシナリオの先を読めてしまうというもので、あの世で教わった事にはなりませんが。

幼いながら「かみちゃま、かみちゃま」とお祈りをはじめたのも、もしかするとチューインガムをのどにつまらせ、仮死状態になった時の不思議な体験があったのかもしれません。

実際は「かみちゃま、イエスさま、マリアさま、おしゃかさま……」と、知っているかみさま、ほとけさまの名を重ねてお祈りをしていたそうです。あるとき、お地蔵さんを知ったので、「おじぞうさんもおいのりのなかまにいれるの」と当時の劇団員に言ったところ、「そんなにたくさんの名前を唱えたら、誰も言うことを聞いてくれないよ」と言われたそうです。娘はすかさず、「大丈夫、みんな同じだから」と言い返したそうです。なんだか面白い話です。

そんな長女の幼い頃のお話が「ちいさいモモちゃん」「モモちゃんとプー」に収められています。

みなさんのご家庭でも、いろいろ子どもたちのエピソードがあると思います。それぞれ書きとめておくとよいと思いますよ。私は若いお母さん方にそう話します。それぞれのうちの本が生まれるのだから――と。

たとえば、クーがプーになったりと、ね。

二〇一一年十月

松谷みよ子

# 解説

角田光代

『ちいさいモモちゃん』を読んだのはたぶん小学校一年生のときだ。私はたちまち夢中になった。続けて、『モモちゃんとプー』を読み、そして『モモちゃんとアカネちゃん』と進む。

モモちゃんの世界は、その後もずっと私の頭に焼きついて離れなかった。読みかえさずとも、モモちゃんが生まれた日のことをすぐに思い描くことができる。カレーの材料が訪ねてきて、ガムが訪ねてきて、ソフトクリームが訪ねてきて、みんなママにまだ無理だと言われ、帰る。まっくろくろけのプーの歌も、ママの帰りが遅いと怒ったモモちゃんが乗る、空色の電車も。

『モモちゃんとプー』のネズミの花嫁もすぐに思い出せるし、影をなめる不気味なウシオニもありありと思い浮かべることができる。曲を知らない歌の歌詞までも！

そのころ読んだほかの多くの物語のことは忘れてしまったのに、なぜモモちゃんだけ、こんなにもよく覚えているのだろう。ストーリーばかりか、細部の情景まで。

たぶん、モモちゃんの時間を、私も生きていたからなんじゃないかというのが、今のところの私の答えである。

厳密にいえば最初に出会ったモモちゃんは、七歳の私よりはるかに年下だった。だって生まれたての赤ん坊だもの。『ちいさいモモちゃん』のなかで、モモちゃんは三歳半まで成長する。『モモちゃんとプー』では六歳。そしてちいさなアカネちゃんが生まれる。そうして『モモちゃんとアカネちゃん』では、モモちゃんは、出会ったときの私とようやく同い年の一年生。

出会ったときは年上でも、私はモモちゃんの過ごす時間のことを、まだなまなましく覚えていたんだと思う。私も保育園に通っていた。新しい傘にはうきうきしし、ささいなことで怒って口をきかなくなった。お医者さんにいくときは、泣かなかったら何かを買ってくれとせがんだ。モモちゃんの日々を読むことで、私は今一度、自分が未だ生々しく覚えている時間のなかで、モモちゃんの日々を再体験したのだろう。だから、ぱたぱたと動くプーのしっぽや、ミルクびんやガラガラやおしゃぶりをのせたおもちゃのうば車や、母親のお迎えを待っていた時間を、こんなにもくっきりと私は覚えているのだ。

子どもが自分の時間を再体験できるほど、この物語はリアリティがある。

一見、モモちゃんの物語は、ファンタジックでもある。注射を受けにいく、保育園にいく、お留守番をする、海に出かける、そうした日常のところどころで、野菜がしゃべったり、子どもたちを乗せた電車が雲の上を走ったり、押し入れの奥からネズミの王子があらわれたりする。

でも、子どものころの私たちが見ていた世界は、そんなふうではなかったろうか。ファンタジックでもなんでもなく、私たちは本当に、ごはんを食べ父や母と会話し、テレビを見て友だちと遊ぶ、その一方で、食べものが話すのを聞き、雲の上を走る乗りものに乗り、押し入れの奥からあらわれる何かを見つけていたはずだ。子どもにしかわからないその世界を、松谷みよ子さんは生き生きと言葉でよみがえらせた。幼い私にとって、この物語はスーパーリアリズムだった。だから、モモちゃんとともにその時間を「現実に」生きることができたのだと思う。

そうしてもうひとつ、大人になって気づいたことがある。それは、モモちゃんシリーズは境界のあわいにある物語だということだ。

モモちゃんの見ている世界には、垣根がない。動物がしゃべり、ニンジンがしゃべる。ウシオニが影をなめ、カニがじゃんけんを挑む。ひとつだけあるのは、大人と子どもの垣根くらいだ。私はモモちゃんの物語に登場する大人たち、ママやパパを思い出そうとすると、いつも脚が思い浮かぶ。たぶん物語そのものの目線が、子どものそれなのだ。

ここに広がる世界は、つまりは子どものもの。子どもの世界には、動物や空や植物といった分類がなく、見えないものと見えるものがおなじ度合いで存在している。

そうしてこの物語のシリーズは、この世界独特の闇を持っていると私は思うのだ。

その闇がもっともはっきりと描かれているのは、この二冊の次に刊行された『モモちゃんとアカネちゃん』である。

その闇、というのは、彼岸だと私は思う。彼岸と此岸の境界も、この物語ではとっぱらわれているように思う。たとえば、モモちゃんが閉じ込められた押し入れの、闇の奥からあらわれるのは、棺を持ったネズミたち。影をなめるウシオニというのも、どことなく不気味だ。わたあめを売るおじさんも、大人になって読みかえすと、いったいだれなんだろうと不思議になってくる。

そして階段からすべったママが歩く、なまり色の雲がたれこめる原っぱ。ここはまさに、彼岸だろう。ママはここで、輝く野ばらの実を見る。子どものときは、わからない。手にした本のなかに彼岸も此岸も広がっていることを。ただ、なんとなく気配で察する。ここには、目に見えないけれど、何かしっかりとした手触りの、得体が知れないのにひどくなつかしい何かがある、と。

幼いときは気づかずに、でも、成長すると、それはどんどん心の奥で存在を強くする。何か、得体の知れない暗い、でもなつかしいものに触れた、という記憶だ。

モモちゃんの世界を思い出すとき、浮かぶのは、プーやジャムねこやコウちゃんの、かわいらしいエピソードばかりではない。逆に考えると、だからいつまでも覚えているのだ。ママが見た輝く野ばらの実よりも、雲のたれこめた原っぱを私はよりよく覚えている。

モモちゃんとアカネちゃんの成長過程は、私たちがおなじ時間を生きられるほどリアリティがあると書いたけれど、私はこの闇の存在、何かわからないものの気配というものも、そのリアリティに含まれていると思う。子どものころには、わからないものがわからないまま存在していた。何か感じるけれど、目には見えないし言葉にもできない。そういうものを、子どもはなんの疑問もなく受け入れる。この物語に漂う闇も、幼い私たちは、だからすんなり受け入れる。

モモちゃんシリーズは、このあとも続く。先に書いた『モモちゃんとアカネちゃん』で、モモちゃんをとりかこむ状況はずいぶんと変わってしまう。小学生のとき、そのことにひどく驚いたものである。その当時、子どもの読む物語は、モモちゃんがいて妹が生まれてプーがいておよめさんがいて、パパがいてママがいて、いつまでもしあわせに暮らしました、というものが多かったから。ここでも作者は、一貫して子どもの目線でその変化を描いている。

そこには、幸も不幸もない。ただ運命というものがある。私たちに抗《あらが》いようのないその運命というものも、どこかで、彼岸、闇と共通していると私は思う。自分たちの意志とまったくかかわりようのないところで、決定づけられている何か。徹底した子どもの目線で描きながら、でも、そうした奥深いことまで、作者は子どもにやわらかく突きつけている。子どもの感受性、受け取る力を信じていなければ、できないことだ。

自分の話で恐縮だが、私はこのモモちゃんシリーズを読んで、作家になりたいと思った。小学校一年生のときの作文に、「作家になりたい」と書いている。三年生に上がると、「松谷みよ子さんのような作家になりたい」と具体名まで書いている。

モモちゃんシリーズだけではない、松谷みよ子という名前を見つければ図書室で本を借りたり、買ってもらったりした。『貝になった子ども』『龍の子太郎』、『ジャムねこさん』に『ふたりのイーダ』。それでもやっぱり、いちばん好きなのは『モモちゃん』だった。

このシリーズの、どんなところが好きで、どんな作家になりたいのか、そのときの私はきちんとは言葉にできなかった。でも、先に書いた奥深さを、きちんと感じ取っていたのだろう。この世界の多様さ、光も闇も、彼岸も此岸も、動物も人も、食べものもモノも、同等の存在としてそこにある、そういう豊潤さを。

『モモちゃんとプー』に、スプーンやお皿が、モモちゃんのピンチをママに知らせにいく話がある。『モモちゃんとアカネちゃん』には、靴下のタッタちゃんとタアタちゃんの活躍が描かれている。子どものころはすんなり疑問を持たずに読んでいた。そして大人になった今、そういうことってあるよなと思ったりもする。意志なきものたちや、あるできごとの連なりによって、何か気づかされたり、助けられたりするとき、私たちは「ものすごい偶然だ」と思ったりするけれど、それはもしかして、身のまわりのあれやこれや、大人になった私たちが口をきくとはよもや思っていない野菜や鍋やストッキングが、私たちのために一生懸命奔走してくれているのかもしれない。

この本の持つ豊潤さは、そんなことも思わせる。見方を変えると、世界は多様に満ちる。目に見えるものばかりではなく、触れられるものばかりではない。

幼いころに願ったとおり作家になり、小説を書くとき私が前提にしているのは「この世界はひとつではない」ということだ。私にとってはこのひとつかもしれないが、このひとつの奥にもうひとつ見えない世界があり、はたまた、ほかのだれかにはまったく異なったもうひとつがある。そのことを私はどこで学んだのだろうと考えて、はっとしたことがある。まさしくそれは、モモちゃんの世界が教えてくれたことなのである。

松谷みよ子という作家と、それからまるで幼なじみのようなモモちゃんに出会っていなかったら、はたして私は作家になりたいと願っただろうか、と思うと、心から感謝を覚えるのだが、しかし、それよりももっともっと深く大きな感謝がある。それは何よりこれらの物語が「読む」よろこびを教えてくれたことだ。読むことは、実際に体験することだと、これらの物語が教えてくれた。そのよろこびに、あの幼き日出会っていなかったらと思うと、少々ぞっとするのである。

さて、最後になってしまったけれど、この文庫本には新しいモモちゃんが登場する。酒井駒子氏によるモモちゃんである。私がはじめて会ったモモちゃんは、表紙は人形だったが本の中身では菊池貞雄氏によるものだった。長くそのモモちゃんに親しんできたので、モモちゃん、というともうその顔が浮かんでしまう。実在の友だちのように。

そうして酒井氏によるモモちゃんをはじめて見て、泣きそうになった。本当のところ、ちょっと泣いた。驚いたのだ。新しいモモちゃんもまた、どうしようもなくモモちゃんで、このモモちゃんを私はすでに知っていたから。

遅くなったママを迎えるモモちゃんの絵にも度肝を抜かれた。モモちゃんの世界を思い浮かべると、大人たちのまず脚が見えると先に書いたが、この絵のママの脚が、まさに私の「見ていた」ママの脚なのだ。

そうして気づく。モモちゃんは、私たちそれぞれのなかでこんなにも生き生きと存在しているのだ、と。酒井駒子氏が知っているモモちゃんを、私も知っているし、おそらくほかの人の描くモモちゃんも、私は知っている。私たちは、幼き日にこの物語を読むことで、モモちゃんというだれかの核、たましいに出会ったのだと思う。だからどんな容姿のモモちゃんでも、すぐにわかるのだ。あっ、このモモちゃん、知っている、と。

読むことってなんてすごいことなんだろう。実際の人より深く、こんなふうにだれかと出会うこともあるのだから。

本書は、小社より一九六四年に刊行された『ちいさいモモちゃん』と一九七〇年に刊行された『モモちゃんとプー』を一冊にまとめ、修正のうえ文庫化したものです。

さし絵：菊池貞雄

|著者|松谷みよ子　東京に生まれる。1951年、「貝になった子供」で児童文学者協会の第一回児童文学新人賞を受け、以来、『龍の子太郎』(国際アンデルセン賞優良賞)、『ちいさいモモちゃん』(野間児童文芸賞)、『モモちゃんとアカネちゃん』(赤い鳥文学賞)、『アカネちゃんのなみだの海』(野間児童文芸賞)、『あの世からの火』(小学館文学賞)ほか数々の賞を受けている。他の著書に『いないいないばあ』などの「あかちゃんの本」シリーズ、『ふたりのイーダ』をはじめとした直樹とゆう子シリーズ、オバケちゃんシリーズなどがある。2015年2月28日逝去。

ちいさいモモちゃん

松谷《まつたに》みよ子《こ》



2011年11月15日第1刷発行
2024年4月5日第8刷発行

発行者——森田浩章
発行所——株式会社　講談社
東京都文京区音羽2-12-21　〒112-8001
電話　出版（03）5395-3510
　　　販売（03）5395-5817
　　　業務（03）5395-3615

Printed in Japan

講談社文庫
定価はカバーに
表示してあります

KODANSHA

デザイン—菊地信義
本文データ制作—講談社デジタル製作
印刷———株式会社KPSプロダクツ
製本———株式会社国宝社



ISBN978-4-06-277088-0

# 講談社文庫刊行の辞

二十一世紀の到来を目睫に望みながら、われわれはいま、人類史上かつて例を見ない巨大な転換期をむかえようとしている。

世界も、日本も、激動の予兆に対する期待とおののきを内に蔵して、未知の時代に歩み入ろうとしている。このときにあたり、創業の人野間清治の「ナショナル・エデュケイター」への志を現代に甦らせようと意図して、われわれはここに古今の文芸作品はいうまでもなく、ひろく人文・社会・自然の諸科学から東西の名著を網羅する、新しい綜合文庫の発刊を決意した。

激動の転換期はまた断絶の時代である。われわれは戦後二十五年間の出版文化のありかたへの深い反省をこめて、この断絶の時代にあえて人間的な持続を求めようとする。いたずらに浮薄な商業主義のあだ花を追い求めることなく、長期にわたって良書に生命をあたえようとつとめるところにしか、今後の出版文化の真の繁栄はあり得ないと信じるからである。

同時にわれわれはこの綜合文庫の刊行を通じて、人文・社会・自然の諸科学が、結局人間の学にほかならないことを立証しようと願っている。かつて知識とは、「汝自身を知る」ことにつきていた。現代社会の瑣末な情報の氾濫のなかから、力強い知識の源泉を掘り起し、技術文明のただなかに、生きた人間の姿を復活させること。それこそわれわれの切なる希求である。

われわれは権威に盲従せず、俗流に媚びることなく、渾然一体となって日本の「草の根」をかたちづくる若く新しい世代の人々に、心をこめてこの新しい綜合文庫をおくり届けたい。それは知識の泉であるとともに感受性のふるさとであり、もっとも有機的に組織され、社会に開かれた万人のための大学をめざしている。大方の支援と協力を衷心より切望してやまない。

一九七一年七月

野間省一